Cordula Daus SEHR

Die historia der KAY, so sie aufbrach, die intensitas der liebe zu erkunden, deren art, sitten und gebräuche zu erfahren.

welch abenteuer sie mit ihrem leibe gestanden, wie die heldin sich in den dienst der freiheit stellte, am männlichen geslechte freute und dabei unversehens in einen hinderhalt geriet. von einem scharmützel bei uterus zu berlin, dem KAY bösz unterlieget. wie die heldin SEHR weinet, fast umkommet und was noch zu tun wäre in der ära des mittleren alters als frau zu überleben, die sich erstrecket vom vierzigsten lebensjahre bis auf den heutigen tage. von KAY selbst persönlich beschrieben, sehr kurz-weilig zu lesen.

Gefördert von der Stadt Wien Kultur

ISBN 978-3-85415-676-5

Dramaturgische Begleitung: Daniela Plügge
Gestaltung: Till Gathmann
Lektorat: Paul Pechmann
Mentoring: Ferdinand Schmatz
Cover-Vorlage: Ulrich von Liechtenstein als Venus, Codex Manesse, Universitätsbibliothek Heidelberg, Cod. Pal. germ. 848, fol. 237r
Inspirationsquelle für Preislied: Heinz Werner, *Grundfragen der Sprachphysiognomik*, Leipzig 1932.

INHALT

Erster dienst

wie KAY den maler RAN will, ohne ihn zu sehr zu brauchen, wie RAN KAY für seine bilder brauchet, dieselben von den kunstliebhabenden der hauptstadt empfangen, doch kaum gekaufet werden. wie sich KAY und RAN im wackren versuche halten, zu fühlen ohn sich zu bedeuten. von knien, terpentin und blauen hasen, die keine tiere sind.

Kay wünscht sich was Grobes. Schweiß, Geschmack. Sie muss gerade 'ne Menge Probleme lösen, da schreckt sie eine weitere Verwicklung ab. —Meinst Du, wir können dem Kennenlernen ausweichen? —Du meinst, nur Ficken? Das kommt Ran sehr gelegen.

1

KAY LIEGT DA, sie versucht, einfach zu liegen. Die Vorstellung von einem Mann läuft durchs Treppenhaus. Es klingelt nicht, noch lange nicht. Ran läuft die Treppen hoch. Es klingelt. Sie hat ihn noch nie gesehen! Die Wohnungstür ist angelehnt. Kay hört, wie Ran die angelehnte Tür aufdrückt. Er steht im Flur. Sie stehen sich gegenüber.

Blockabsätze versus Sneaker.

Auf Schritthöhe. Passt genau. Kay prüft Haltung und Konsistenz, den Durchmesser, das unsichtbare Bindeglied in der Differenz zwischen zwei und mehreren Gliedern zwischen ihren Beinen. Ran riecht nach MALEREI. Kay dreht sich um und lehnt sich an die Wand. Fuck! Nichts, absolut nichts geht über das erste aller Male, das von hier aus unwiderruflich, ob sie es wollen oder nicht, in Richtung Kennenlernen läuft.

2

KAY WOHNT IM 7. STOCK. Man kann hier durchwohnen. Vorn liegt die City West, hinten steht der Baum. Die Agentur hat angerufen und ihr noch ein featured Extra eingedrückt. Insgesamt muss sie 23 Leute anziehen. Kay nennt sie Vögel. Morgen ist Pre-Production-Meeting. Sie hat nicht geschlafen und alles an ihr riecht nach Ran. Sie schaut auf die Stelle am Arm, in die er reingebissen hat. Hämatom mit blau-rötlichem Verlauf. Das käme gut auf Instagram. Sie macht ein Foto, legt einen Ordner an. Titel: Bruising.

3

NOCHMAL

4

NOCHMAL

5

KAY WILL RAN NICHT KENNENLERNEN, sie followed ihm nur. Ran hat gerade ein neues Bild gepostet und eine Abonnentin findet das: —Super! Er: —Komm mal im Studio vorbei! Sie: —Gerne. Kay ist beeindruckt, wie instantan der Maler Farbe in Wirkung umsetzen kann. Ob Ran auch davon leben kann? Er lebt im Studio, sagt er. Und wenn er nicht malt, bereist er Länder wie Georgien, Irak, Südfrankreich und Ubekistan, postet Selfies aus Zelten mit halb zugekniffenen Augen und Isomatte. Berglandschaften wechseln sich ab mit Indoor-Aufnahmen in Schwarz-Weiß, 10-Tage-Bart. Sie zeigen den Maler beim Malen im Versuch, aus sich heraus zu kommen, Spraydosen, Reste und ab und an ein fertiges

BILD,

durch das die Wurzeln eines anatomischen Studiums scheinen. —Hast du echt Medizin studiert? Kay schauert vor seinem Bleistift. Was sieht jemand, der so genau zeichnen kann. Sie schaut durch den Selfie-Ran auf Ran. Da liegt er wieder. You made it, until hier zu mir. Kay kommt ganz zufällig auf die Berge zu sprechen. Sie muss das stoppen, aber die Wirkung seiner Posts, ein alpiner Impressionismus, steuert die erregende Kraft der Berge auf ihren Körper. 1970 war Reinhold Messner wegen des Wetters gescheitert. Ran sagt, ganz ungefragt, er war mit einer Freundin dort, was nicht darauf schließen lasse, dass der Damawand ein einfacher Wanderberg sei. Die Freundin habe es nicht auf den Gipfel geschafft. Kay will das nicht wissen. Sie legt die Arme um seinen Hals, stemmt die Füße gegen die Matratze. Sie wird ihn sich solange vornehmen, bis ununterscheidbar ist, wer hier wen nimmt. Kay fasst in sein Haar. Es ist weiches Kontrasthaar – ihre Finger zappen. *Johnny Rotten fragt Viv Albertine, ob sie ihm einen bläst.* Es riecht nach kalter Pisse. Ich auch. Wir alle. Sie mag das. Rans Achsel riecht nach Altöl, bitter. Er malt, kommt und malt weiter.

6

Kay liegt stabil auf der Seite, fahrlässig fast, wie lang sie ihn aus dieser Lage beobachtet, während er seinen Blick ruhig auf ihr liegen lässt, mitten am Tag, als sie die Augen schließt, öffnet, schließt, um jedes Meinen zu meiden.

7

RAN WEISS NICHT, WIE KAY WIRKLICH HEISST, und er will es auch nicht wissen. Kay weiß schon, wie er heißt, leider. Sie sucht jetzt nach einem Decknamen. Irgendwas, das ausreichend nah an ihn herankäme. Was aus dem Feld der Erdarbeiter. Landwirtschaftlich, eher grob. Für das, was sie machen, was in Richtung Mähen, Sensen, Acker geht. »Ran« vielleicht. Dem Akzent nach, Region

DESSAU-BITTERFELD.

(Da hat sie den Clip für Hornbach gedreht.)

Ran vermeidet es, seinen Arbeiten Titel zu geben. Er sagt, er arbeitet nur mit Farbe. Ed Ruscha hat mit Schießpulver gezeichnet. *Gun powder on paper.*
—Wenn du das liest, das haut natürlich rein. Ohne Angabe wär's einfach 'ne graue Zeichnung. Kay hat sich endgültig für den Namen *Ran* entschieden. Sie wird ihn weder einatmen noch zu lange an den Fingern haben. Er schnarcht jetzt. Kay legt sich ins Nebenzimmer. Mitten in der Nacht steht Ran in der Tür und sucht sie. —Kay? Kay rührt das, sie fühlt sich dermaßen gemeint. Sie wachen zusammen auf.

8

KAY STEHT AN DER KASSE, legt Grauburgunder und Zitronen aufs Band, da fällt ihr noch was ein, sie winkt zwei Leute nach vorne und läuft zurück zwischen die Regale. Schützt Latex vor feeling? Sie fühlt da was. Es liegt nicht an Ran. Es muss in der letzten Nacht passiert sein. Sie muss das stoppen. Sie schiebt den Warentrenner zwischen die Weinflasche und eine

Dose Katzenfutter, sich und die nächste Kundin. Dass er den Unterschied nicht merkt zwischen Küssen und Küssen. Kays Lippe ist ganz blau. Die Kassiererin wünscht ihr noch einen guten Tag.

9

KAY AM FLUGHAFEN, Bodycheck. Sie kommt an die Reihe, stellt sich auf die Markierung. Die Beamtin tastet sie ab. —Sie können jetzt gehen. Kay will aber nicht gehen, sie findet es zu geil. Die Beamtin soll weiter tasten.

Nachts hat Kay ins Meer gepisst und sich gefragt, wie viel Serotonin-Wiederaufnahmehemmer das Mittelmeer verträgt. Ihre spezifische Lösung liegt bei acht Tropfen. Das Medikament hat endlich angeschlagen. Sie ist wieder hergestellt und erinnert sich daran, wie es früher war. Okay zu sein! Der Assistent hat's auf den Punkt gebracht: —Sind wir nicht alle ständig auf irgendwas? Kaffee, Koks, Testosteron —Eben, sagt Kay, und wer sagt mir, dass das meine Launen sind? Der zuständige Beamte aus KRETA hatte rübergefaxt, die See verhalte sich auffällig ruhig für diese Jahreszeit. Der Aufnahmeleiter sagt, sie müssen heute noch abdrehen. Für morgen früh ist starker Wind angesagt. Der Kunde starrt auf den Monitor. Die Kamera ist bereit. Der Assistent macht sich eine Gaudi und bedient Kays Tinderaccount. Er kennt ihre Präferenzen: Männer um die 45, +/- fünf Jahre, aller Couleur, gern etwas dünner oder dicker mit extremen Ansichten. Die Vorstellung einer ferngesteuerten Libido bringt Kay gut drauf.

10

—ICH FAHR JETZT LOS, schreibt Ran und schickt den Satz ab. Das Perfide daran ist, dass am Ende keine Uhrzeit steht. Ich-fahr-jetzt-los geht sowas von ab in Kay! Sie sitzt in der Hocke an der Heizung. Hinter ihrem Rücken läuft das Wasser durch die Leitungen. Ran müsste jetzt in STADTMITTE sein. Jetzt. Kay steht auf und wäscht sich den Kopf. Es klingelt immer noch nicht. Kay sitzt wieder in der Hocke an der Heizung. Es klingelt.

11

KAY SITZT AUF RAN. Als ob das ihr Schwanz IST!

I hrer
sein er
sei hrer

Sie fühlt das von sich und von ihm aus. Ficken hat sich aufgelöst und Rans Augen sind ganz weich.

12

NOCHMAL.

13

WARUM EIGENTLICH IMMER BEI MIR. —Können wir uns nicht mal woanders treffen. Kay will die locations, an denen feeling stattfindet, verlegen. Sie will kein Ort mehr sein. —Bei mir geht nicht, sagt Ran. Studio ist tabu.

Ran klingelt

Er schwankt zwischen
starker innerer oder äußerer Flexion

—Ich fechte, Du fichst

Kay sagt
—Du bist so unsäglich hetero

Ran sagt
—Immer locker bleiben

Kay klingelt

Ran öffnet die Tür
—Gin Tonic?

Kay nickt

Er fühlt sich nur an

Sie leiben sich

um ein Haar

Es
klingelt

weder bei ihm

noch bei ihr

Rans Hose öffnet sich

Ein Feld aus
Kadmiumrot und Kremserweiß

Sie hängen sich aus

Girlande

Kays Image ist riesig (2 x 3 m)

Ein Follower sieht das und schreibt

—Wow

Er folgt ihr bis ans Lebensende

14

MITTEN AM TAG. —Kurz auf eine Stunde? Kay fühlt sich verdammt schlecht danach. Sie isst was, aber es hört nicht auf, sich so zu fühlen. Wohin damit. Sie darf ihm nicht schreiben. Sie füllt ein Formular aus.

REPORT THE DEGREE to which you are feeling each of the following feelings, right now, at this moment. Please use the scale below.

1 Not At All
2 Very Much
3 Neutral
4 Indifferent
5 Emotionless
6 Nothing
7 Not strongly one way or the other
8 So-So

Scoring: Compute the meaning of all items.
Higher numbers indicate more neutral affect.

15

SUPERVISION.

KAY
Was machen wir hier eigentlich?
RAN
Ich würd' das gern so konkret wie möglich halten.
KAY
Ich versuch' mich echt aus Dir rauszuhalten.

RAN
Das ist wie mit den Farben, die lassen sich auch nicht festlegen. Ich kann beim Malen eigentlich nichts tun, als fortlaufend abzugleichen. Ich nenn' das »Gewühl«.
KAY
Ja genau, den Anderen als klimatischen Einfluss begreifen. Das Problem ist bloß, wenn ich sowas von draußen bin, dann fühl ich gar nichts mehr! Gibt's da nicht eine Stelle an mir, auf die du dich beziehen könntest? Meine KNIE zum Beispiel. Du könntest zum Beispiel sagen, du stehst auf meine Knie. Weißt Du, einfach, damit ich mich minimal gemeint fühle.

16
RAN HAT EINE SKIZZE VON KAYS KNIEN GEMACHT, ist aber nicht zufrieden damit.
—Kannst Du das nochmal nachstellen? Kay nicken, sie sind jetzt alle Frauen, die je gemalt wurden. Also im Plural:

Kay knien. Ran lässt die Hose runter. Die Vorbilder treten aus Rans Vorstellung heraus und er schaut sie an, in echt. Kay haben nie gefragt, wie er eigentlich verdünnt. Ran malt gegen die Regel Mager-auf-Fett. Öl braucht lange, bis es trocknet, in dieser Zeit stauen sich die Gedanken, und da entstehen die Risse. —In der Zeit schaust Du das Bild wieder an, versuchst es dir schön zu trinken. Aber du musst es fertig machen, weil einer kommt und sagt, das muss jetzt fertig werden. Kay knien immer noch. Sie haben ganz vergessen, wie gehorchen geht. Sie denken an ihre Erstkommunion. Die Knie tun ihnen weh.

Ran und Kay haben sich extra lange nicht gesehen. Zeit ist das beste Verdünnungsmittel. Kay nehmen

seine Hose und tragen sie vom Juli bis in den September. Sie blasen. Ran ist unbeugsam. Sie blasen weiter. Bloß nicht kotzen. Man muss den Zustand aushalten, solange er uns trägt, wir das ertragen können. Würgreflex. Kay kotzen. Den Reflex trifft keine Schuld.
—Was ist gute Kunst für Dich? Sie machen eine Pause und schauen sich das Laken an.

Ran erzählt von einer RESIDENCY in Südfrankreich. Er schwimmt im Hafen von Cassis. Die französischen Kapitäne hupen und beschweren sich. Lose Hoden! Die Kulturstiftung kann ihn mal. Eine Tänzerin, auch Stipendiatin und berufsbedingt körperbetont, tut es ihm nach. Sie hebt die Arme und zieht ihr Stretchkleid nach oben. Die Sachbearbeiterin läuft am Ufer mit den Klamotten hinterher. Als sie Ran die Kleider wieder übergibt, schaut sie ihm nur in die Augen, wie es sich gehört. Ran ist sicher, die Stiftung wird ihn fallenlassen. Kay widersprechen. Wenn er sich auszieht, ist er eben keine Nutte, die Größe seines Geschlechts und dessen Wirkung seien nicht zu unterschätzen, konkret auf die Stipendiatinnen via Sachbearbeiterin auf den Stiftungsdirektor und dessen Hoffnung auf ein Wiedererstarken der deutschen Malerei. Der Direktor hat über die Wiener Aktionisten dissertiert. Untertitel: *Nichtintentionalität und Sudelei*. Kontraktion des hinteren Rachenraums. Kay can't help it, sie müssen kotzen. Sie entschuldigen sich nicht.

—Hast Du noch einen Schluck? Francis Bacon und Ran trinken die Flasche alleine aus.

Kay machen weiter an Ran. Sie haben was im Mund und plötzlich vergessen sie, was das ist. Da hilft nur die eigene Vorstellung. Kay sagen sich innerlich vor:

—Dicker Ständer. Maul, dann Möse. Versenken. So wird das eine geile Sache. Geil, geil, geil! Ja, so kommen sie wieder rein. Ran-Kay nimmt noch eine Komparsin mit FETTEN MÖPSEN zur Hilfe und befummelt die drallen Dinger von hinten. Sprung nach PARIS. Kay sind jetzt Catherine Millet und ihre Bauarbeiter auf einem Seitenstreifen. Bah oui! Ein krasses Rohr nach dem anderen. Was unbedingt zu erwähnen ist: Rans Schwanz steht über Stunden, Kay müssen sich nicht um ihn kümmern, was die Bedingung an sich darstellt für diese Form von Verkehr. Kays Kopf ist in Rans Händen und sein Schwanz in ihrem Mund. Presslufthammer. Sind wir überhaupt noch da oder ist die Tatsache, dass wir uns dermaßen zerficken, gerade das, was wir aneinander haben? Kay ist Wurst, ob pleasure kommt oder nicht. Reziprozität ist was für Sachbearbeiterinnen. Tatsache ist, dass das, was sie geil macht, dicke Malerei und große Schwänze, nicht gut für sie ist. Und was gut ist, macht nicht geil. Das ist ja gerade das Geile daran.

—Was meinst du eigentlich mit gut?

—Ich meine damit einen Zustand, der länger anhält als das, was wir da machen.

Sie soll doch Schwänze hart, nicht weich quatschen! Da müssen sie lachen. Kay, der Erigent! Ran hat ihr vor lauter Lust und Laune in den Rücken gebissen. Sie drehen sich um. Sein Blick hängt ernst und weh über ihr. Er sieht schön kaputt aus. Das Lösungsmittel hat neue Farbfelder in sein Gesicht geätzt.

Skizze: Kay im Boot mit Halterneck, dahinter das CAP CANAILLE. In 33 Meter Tiefe schwimmen Fische. Kay springen. Sie möchten in das Bild, ohne es zu zerstören. Der Angler am Ufer mimt einen hinkenden Fisch. —Straucheln nennt man das, sagt Ran. Sein Blinker zieht langsam durchs Wasser. Kurz sinken lassen, einkurbeln, sinken lassen. —Der Fake-Fisch muss ausreichend gesund, aber verschlissen genug wirken, sonst beißen sie nicht an. Kay schauen nach oben in Ran, es ist jetzt September und sie sind achtzig Jahre alt. Sie verschleißen sich. —Bonjour les Allemands! Der Kapitän wirkt ansteckend fröhlich. Er sagt, er sei mit dieser Laune schon auf die Welt gekommen. —Au monde.

Kay liegen auf Ran. Der Schlaf hat alle Regeln und Reflexe lahmgelegt. Wenn es nach ihnen ginge, würden sie weiter, immer weiter sinken bis zum Grund. Ruck nach oben, Ran zieht sich an. Der Fisch fühlt das nicht, der Widerhaken trifft auf Knorpel. Es ist halb sieben. Kays Arm bleibt ausgestreckt. Ran macht eine Flasche Terpentin auf, schenkt sich ein Glas ein und bestätigt ihre Lutsch-Kenntnisse auf LinkedIn. Abgehakt. Ran sagt, wenn das so weiter geht, malt er nur noch ein Jahr.

17

RAN POSTED EIN BILD FRISCH VON DER ART WEEK.

Schenkel im Vordergrund
(Wie im Selfie, das er von ihr haben wollte)

Dazwischen

die Welt (in Flammen)

Kleine schwarze Figur im Hintergrund

Schaut weg

18

RAN KRIEGT HUNDERTZWEI LIKES.
Das Bild steht in der Öffentlichkeit, was Kay sehr freut. Es ist also ein Beweis, dass es sie beide gegeben hat. Dass sie einmal zusammen waren, auch wenn sie sich bald nicht mehr sehen werden.

(Du hast doch *uns* gemalt, oder?)

19

KAY UND RAN LIEGEN. —Von außen betrachtet könnte man meinen, das hier sei eine schöne Lebensform. Wenn man genauer hinschaut, handelt es sich doch um eine Verstümmelung. Ran kann sowas Melodramatisches sagen und später wieder behaupten, es sei alles so wie immer. Er fühlt nichts für sie. Kay muss das halt noch üben. Konkret, wie sie die Hand um seinen Bauch legen kann. Es wird langsam Tag. Wenn sie aufwachen, muss sie sagen können, diese Hände sind von einer Komparsin. Und wenn Ran wieder geht, so wie er gleich gehen wird, ist ihr, als ob er das, was zwischen ihnen passiert ist, jedes Mal ein Stück zurücknähme, sie um ein Stück Leben bringe. Zurück zum Anfang. —Meinst Du, wir können dem Kennenlernen ausweichen?

Ran erzählt ihr jetzt seinen Lieblingswitz:

Die Tiere im WALD betrinken sich jeden Abend. Am Morgen danach geht es allen immer schlecht. Sagt der Fuchs —Tiere im Wald, so geht das nicht! Wir müssen aufhören zu trinken. Alle sind einverstanden. Am nächsten Abend macht der Fuchs eine Kontrollrunde.

Der Bär ist fit, das Eichhörnchen hüpft herum, es geht allen besser. Nur der Hase hängt hinter dem Baum mit Bierflasche. Sagt der Fuchs —Hase, wir Tiere im Wald haben doch gesagt, wir trinken nicht mehr!

Der Hase entschuldigt sich.

Darauf der Fuchs —Na gut, heute lass' ich dir das noch mal durchgehen.

Am nächsten Abend dreht der Fuchs wieder seine Runde. Der Bär kommt ihm froh entgegen. Das Eichhörnchen sammelt Nüsse. Nur der Hase hängt wieder unter dem Baum. Seine Löffel hängen herunter, die Augen dunkel umrandet, völlig fertig, voll besoffen.

Schreit der Fuchs —Verdammt Hase! Wir Tiere im Wald, wir wollten doch nicht mehr trinken! Der Hase entschuldigt sich tausendfach. Sagt der Fuchs —Na gut, eine allerletzte Chance bekommst du noch.

Am nächsten Abend dreht der Fuchs wieder seine Runde. Bär und Eichhörnchen geht es gut. Alle sind froh. Kommt er zu dem Baum, an dem der Hase normalerweise immer sitzt. Der Hase ist nicht da. Der Fuchs schaut sich um. Kein Hase. Geht weiter. Da kommt er zum Teich. Ein Strohhalm ragt aus dem Wasser. Der Fuchs zieht den Strohhalm raus. Hängt der Hase mit einer Whiskyflasche dran. Total blau. Der Fuchs ist außer sich. —Verdammt, Hase! Wir Tiere im Wald haben doch gesagt, wir trinken nicht mehr! Wir verbieten es Dir ein für alle Mal!

Lallt der Hase —Was ihr Tiere im Wald macht, is' uns Fischen sowas von scheißegal.

Zweiter dienst

wie KAY zum pars pro toto für die deutschen
frauen wurde. vom untröstlichen WOLFE, der
gen seinen willen ins inland zurückgesandt wardt.
vom markte und gefechte der geschlechter
im vergleich. wie KAY das weiche am
wolf geniesset, sich der groszen
spannweite ihrer lust
versichert.

Wolf liegt in der Wanne, sein Bauch schwimmt oben auf. Er greift zum Duschkopf. Wasser strömt über seinen Nacken, über den Schaum, spült das Tattoo frei.

Liberdade

Da, auf dem Nacken steht Wolfs Freiheit oder das, was Brasilien für Wolf war. Man hatte ihn, den Auslandskorrespondenten, wieder ins Inland versetzt. Reverse cultural shock, sagt er. Deutschland sei ihm fremd geworden. Kay sieht Wolf im flashback, zehn Kilogramm leichter, wie er seinen Dienstwagen durch RIO DE JANEIRO steuert. Die Sonne steht tief. Modernistische Schatten gleiten über seinen gebräunten Teint. Wolf telefoniert mit einem Date. Die Frauen aus Rio stehen voll auf ihn! —Weißt Du, das Spiel geht so: Brasilianische Frauen wollen wissen, ob Männer so viel verdienen, wie sie angeben, und Männer wollen wissen, ob Frauen so aussehen wie auf den Fotos. In Deutschland dagegen herrscht totales Marktversagen.
—Wieso?

Kay wartet, bis das Wasser abgelaufen ist. Sie greift über seinen Wanst und wringt ihn aus. Kay autosuggeriert sich geil. Nein, sie mag Wolf wirklich, sie will in Wolfarmen aufwachen, auf Wolf aufliegen in seinem inländischen Bett, umgeben von Pappkisten und TV. Kay nimmt Wolf in den Arm. Es fehlen nur zwei Zentimeter. Sie denkt an den Zusammenhang zwischen Fettleibigkeit und Dysfunktion. Östrogene! Ob die der Grund sind, warum Wolf so gut lecken kann. Zeitblind, von hinten und in unschlagbar langen Zügen.

Wolf wichst wie jemand, der an sich selbst Erste Hilfe leistet. Gewalttätig und mit große Pausen. Kurz darauf schaltet er zum Skispringen über. Kay schaut über Wolfs Bauch auf die Schanze. —Warum Menschen in Beziehungen, so flüchtig sie auch sind, am Ende immer gegeneinander antreten.

Wolf legt ein imaginäres Maßband

von Anus nach Bauchnabel.

Für jeden Meter ober- bzw. unterhalb des Punkts werden, abhängig von der Schanzengröße, Weitenpunkte addiert oder subtrahiert. Kay hat aufgehört zu zählen. Sie atmet.

—Weißt Du, mir fehlt der Carinho in Deutschland. Dafür gibt es hier Ironie en masse. Kay sagt, sie meint es ernst mit POST-LOVE. Sie kann, wenn nichts mehr geht, die Gesetze nach denen sie begehrt, jederzeit umschreiben. *Adjust your filters or search for something else*. Die mittelalte Frau der Mittelschicht darf sich nicht verbeißen, an ihren eigenen Präferenzen verschleißen!

Kay tut so, als ob sie läge. Einfach liegen. Sie weiß um die Wichtigkeit des Als-ob, des Nichts-Wollens. Wolf braucht absolute Ungerichtetheit zwischen den Geschlechtern. Sollte sich sein Geschlecht je aufrichten, würde es aus Gnade oder Triebschicksal geschehen. Wolfficken heißt, das Risiko einzugehen, dass es jederzeit aus sein kann, vorausgesetzt, man meint Verkehr mit Penis. Wolf ist die Utopie, weder zu handeln noch zu erleiden. —Können wir das für eine Weile vergessen? —Okay. Wolf nimmt Kay in den Arm. Er schweigt wie ein Schluckauf. Unerwartet und immer dann, wenn sie etwas wissen will. —Adverse selection. Was heißt das? Er schluckt und schweigt.

Eine Verabredung mit Wolf bedarf Stunden der Vorbereitung. Wenn sie sich treffen, ist es oft schon zu spät. Keine Frau der Welt kann Wolf über die deutschen Frauen hinwegtrösten. Wollen sollen sie ja, aber nicht so krass. —Lass uns erst was essen. Wolf mag Kays Fußsohlen. Er will genau wissen, was sie mit den Männern macht. Kay schweigt. Wolf rastet aus. Dass sie das nicht begreift! Er hatte die Potenz der anderen zur Hilfe gerufen. Er springt jetzt auf und wirft die Tür hinter sich zu. Kay liegt da. Sie liegt und lässt ihn auslaufen.

Dritter dienst

wie kay die kunst der communicatio in absentia lernet,
wie sehr der oberbeleuchter sef im sweigen auf sie
einwürket. wie die heldin die not des wartens
mit bravour zur tugend umwendet. von
der wortherkunft des dating.
vom blitz der
wut.

—Hey Sef, das grüne Licht ist an.
Ich sehe, Sie sind online!

—Wie fein Sie mich beschweigen!

— — —

—Es zieht mich zu dem
Abstand hin, den Sie zwischen uns
eingerichtet haben.

Sef schreibt, dass er total busy ist.

—Zeitdruck erschwert gute Manieren.
Und Schreiben bedeutet immer
Nachfragen auslösen,
Reibungsflächen erschaffen.
Erwartungskaskaden.

— — — — —

—Sie haben völlig Recht,
Sef, wir sollten uns
nicht mehr sehen.

Sef schreibt, dies sei eine Fehlinterpretation. Es käme am Set einfach vor, dass er den ganzen Tag die Hände voll habe. Wenn dann solche Nachrichtenabläufe entstünden, täte es ihm, wenn er das später lese, schon leid. Die Leute hätten einfach kein Verständnis für die Intensität seines Arbeitslebens.

—Bin ich Leute?

Sef schreibt, er wisse sehr wohl, dass Kay keine Leute sei. Er wolle sie wiedersehen, unbedingt!

Sef hat das vor — 19 Tagen geschrieben.

—Wie sexy Sie mich beschweigen!

Sef denkt, wenn er nach oben durch den Chat rollt, es hülfe vielleicht, einfach zu telefonieren.

—Melden Sie sich bloß nicht, Sef. Ich bitte Sie, sich soweit zurückzuziehen, wie es irgend geht, in eine Zeit, an einen Ort, wo man das Wort A N T W O R T nicht mehr kennt.

Dort stehe ich und
warte auf Sie.

Eine Nachricht von Ihnen fällt vor meine Füße. Ich bringe sie ins Daten-Museum. DER KONSTRUKTIVIST blinkt in großen Neonlettern auf, darüber erscheint Ihr Gesicht. Sie tragen einen Helm voller Antennen. Sie schreiben »Hello World«, doch ich kann mich nicht mehr an Sie erinnern. Ich bin so fern von jeder Replik. Der Archivar teilt mir mit, es handele sich um ein Online-Date, seit 1995 registriert. Date sei die Verabredung, sich zu verabreden. Date sei auch eine Stadt in der japanischen Präfektur Fukushima.

Ich stehe noch immer da
und warte.

— — —

Sef ist wieder online.

—Sef, darf ich Ihnen bei Gelegenheit
in die Fresse hauen?

Jugendlied

von der jungen KAY im flecken laubach
bei bavaria, wo sich die fähigkeiten der heldin
bereits in jungen jahren zeigten. wie sich der
recke AMER in KAY verschoss, sie ihn gleichsam
lieb gewann und als gehülfe in wies und felde
hielt. von der kunst im wasser zu lesen,
ohn ein wesen festzulegen, vom
mischmatsch der existenz
und deren pflege. von
KAYs unlust frau
zu werden.

Amer traf Kay das erste Mal auf der Hängebrücke. Sie trug Gummistiefel, gelb wie Telefonzellen, und winkte. Unter der Brücke zogen Brassen, Döblinge und Rotfedern vorbei. —Und Smäcks. Smäcks waren Fische, die sie so nannte. Sie warf einen Blinker aus, ließ ihn in Richtung Altwasser straucheln, dort, wo das brackige Wasser der Laubach in den Bergbach überlief. Angeln auf Sicht war ihr Ding, da biss schon einer an —siehste! Sie löste den Widerhaken aus dem Knorpel, lief die Böschung runter und beugte sich zum Wasser. —Der soll mal seinen dicken Kumpel schicken. Amer mochte die silberne Hundekette an ihrem braungebrannten Hals.

Kay war drei Jahre älter als Amer und Fan von Metallica. Als Gründerin des Alligatorbetrachterclubs hatte sie das Recht, die Reusen einzuholen und Aale zu töten. Der Alligator lebte im Schuppen hinter dem großen Kajak und war erfunden worden, um Kays kleine Schwester fernzuhalten. Sie trafen sich jeden Tag, den Alligator zu betrachten. Kay brachte Amer bei, wie man mit den Augen unter die Wasseroberfläche geht, um die Schatten der Weiden, der Seerosen von den Konturen der Fische zu unterscheiden. Sie fuhren täglich mit dem Boot zum Erdbeerfeld. —Is' ja nur Mundklau. Abends fütterten sie die Stelle im Fluss an, da, wo sich die fetten Fische trafen. Kay redete von Welsen wie von alten Omnibussen, die man nur dann kriegt, wenn man sich an feste Zeiten hält. Amer durfte in die Schüssel greifen, Futterkugeln aus der süßlich riechenden Masse formen und sie in den Laubach werfen. — So, mit dem Arm seitlich geknickt wie ein Bumerang, und nicht — so, von oben nach unten, wie der Rest der Mädchen. Amer stellte sich vor, wie der König der Welse eins aufs Dach kriegt. Dann warf Kay die Angel aus, das Blei plumpste und schickte weite Kreise auf den Fluss hinaus.

Auf Kays Angelkasten klebte ein Aufkleber: MEHR NIVEAU. Amer konnte sich keinen Reim darauf machen. NIE-WEH-AU. NIE-WEH-AU. Später, in einer Deutschstunde, klärte man ihn über die Bedeutung auf und die Buchstaben verloren ihr Land. Amer speicherte sie nun neben MILIEU und CAMEMBERT. Nur manchmal noch, wenn Amer es geschickt anstellte und lange genug an Kays Angelkasten dachte, gelang es ihm, das alte NIE-WEH-AU wieder heraufzubeschwören. —Hör auf damit. Wir wollen einen Wurm und dabei nicht armer, armer Wurm denken, hatte Kay gesagt, wobei sich der Wurm unter ihren Fingern wandt, länger und länger wurde, als wüchse er dreimal über sich hinaus. Sie waren hinter dem Traktor hergelaufen und hatten die frisch aufgewühlten Regenwürmer in ihre Eimer gelegt. Eine blutende Maus lag neben Kays blauen Adidas-Turnschuhen. Kay hatte einen dicken Stein genommen und das vom Pflug versehrte Tier erschlagen. —Die leidet ja nur. Später bildete Amer sich ein, das sei der

Augenblick gewesen, in dem er begriffen hätte, was GNADE sei. Vielleicht war es auch der Augenblick, an dem ihm klar zu werden begann, dass man/Maus oft keine Wahl hatte, einfach, weil man am Leben war, dass Worte und Dinge miteinander verwachsen waren, so wie Kay, der Angelkasten und MEHR NIVEAU. Man konnte die Dinge aneinanderreihen, man würde nie wissen, was sie miteinander machten, wie doll und wie lange das dauert. Hinter dem Laubach lag der Bergsee mit der Algenfarm, die von den Mitgliedern des Alligatorbetrachterclubs betrieben wurde. In der Hitze gediehen die Algen auf der Wasseroberfläche kräftig. Ihr Anblick allein machte die Betrachter grabschfreudig. Sie nahmen den fluffigen Tang vom Boot auf, wrangen ihn mit den Händen aus und legten ihn in den Bootskörper, wo er langsam verfaulte. Amer freute sich auf den Sommer mit Kay so sehr, dass es ihm Angst machte. Kay war unverschämter als alle Mädchen, die er kannte. Mit zwölf schlug sie sich solange auf die Brust, bis sie wirklich keine Brüste bekam. Mit fünfzehn hatte sie grüne Haare und kam nicht mehr nach Laubach. —Sag nicht »armer Wurm«, hör einfach auf, so zu denken! MITLEID war Scheiße, das wurde ihm klar. Andere Wesen mit eigenen Gefühlen zu überhäufen. Die Aale in der Pfanne zuckten ja auch nicht vor Schmerz, sondern weil die Nerven durchgingen. —Sind die wirklich tot?, fragte Amer. —Schon, sagte Kay. SCHON war ihr Lieblingswort, sie sagte das so oft, dass er begann, sie Schon zu nennen. —Magst Du Calypso echt lieber als Flutschfinger? —Schon. Jedem vorbeiziehenden Fisch haftete ein Stück Schon an. Amer hielt den Kescher auf Verdacht bereit. Jeden Abend um die gleiche

Zeit und an derselben Stelle. —Pssst. Sie ließ ihn horchen, wie es klingt, wenn Welse nach Luft schnappen. Dort an der Kurve, —hörst du? —Nix da. Das sind die Smäcks. Viele kleine Smäcks, die über die Wasseroberfläche schnappten, silberbeflankt vom Mond. Sie hatten keinen Wels gefangen, aber waren kurz davor. Schon sagte ihm, wenn der Wels anbeißt, müsse er schnell rüber zum Bauer laufen, einen Traktor holen. Die Welse vom Laubauch waren kapital, rein rechnerisch müssten Hunderte dieser Größe im Wasser sein, —so groß, sagte sie und riss die Arme auseinander. Kay war 13 geworden und drehte sich jetzt Kippen mit losem Tabak, der in Bröseln in die Ködermasse fiel. Amer war nicht scharf darauf zu rauchen, aber er wollte so drehen können wie Kay. —Rollen, nicht falten! Amer kriegte es einfach nicht hin. Da war dieses Kippmoment, wenn sich das eine Blättchen wie von selbst über das andere legt, wenn man die Finger richtig hielt und sie zusammenrollten, es wollte ihm einfach nicht gelingen. Kay nahm ihm die platten Fluppen ab und rauchte sie trotzdem. Amer beobachtete genau, wie Rauchen geht. Kippe zwischen Lippen, Angel auswerfen. Angel abstellen, an der Kippe ziehen. Meistens klingelte das Glöckchen kurz, wenn die Angel abgestellt wurde. Falscher Alarm. FLUPPE, LIPPE, ANGEL. Die Fische schmeckten wie der Laubach, nach Fluss. Im Grunde war ihm damals schon klar, dass es nicht um die Fische ging. Aber der Gedanke an eine Form von Nützlichkeit zwischen ihnen war ihm sehr lieb.

Vierter dienst

wie KAY
von der mundart des
schotten REK eingenommen
ward. wie REK und KAY einem
spiele zu dritt entgegenfiebern.
vom eigentümlichen sog der
praepositio für. vom saugen und
säugen für, das eingebildet, umso
eindrücklicher auf körper würket.
wie REK fast nach berlin flieget
und doch nicht kömmt, KAY
gen glasgow anrennet. von
äpfeln und kindern auf
friedhoefen. von
schnupfsucht und
topophilia.

HELLO

REK: I'd like to suck your hobby.
KAY: !
REK: It's all about context.
KAY: Sucking context.
REK: Haha.
KAY: Okay, I will think and consider.
KAY: I'm on a dance floor in INSTANBUL.
KAY: We even have a dust machine here.
REK: I'm GLASWEGIAN.
KAY: Ah! That accent…
KAY: I have a crush on Scottish.
REK: My accent is strong.
[*Sprachnachricht 0:29 min.*]

DEAL

KAY: I just translated your 6.6 feet into meters.
KAY: Your height. Your accent. I'm in!
REK: Deal.

FOKUS

[*Verpasster Sprachanruf*]
REK: Where are you?
KAY: BERLIN. Walking to library.

REK: I can't think of anything else in this moment.
REK: Come back.
KAY: Wait. I need to focus.
REK: Seriously. Let's sit down for ten minutes and focus.
REK: Ten minutes, yes.
REK: I'll make sure, I'm in private.
KAY: Are you at work?
REK: I am.
KAY: Where are you?
KAY: What's your profession?
REK: Music business. Like a consultant.
KAY: Consulting whom?
KAY: Record companies?
REK: No, artist side.
REK: What are you?
KAY: Stylist.
REK: I'm going to go down in the lockup.
KAY: What?
REK: A storage unit that's part of our building.
REK: I feel the blood.
KAY: No touching.
REK: God, I need to go to the lockup.
KAY: You better do so.
REK: It is pulsing.
REK: I await your focus. I'm focused for you.
KAY: How does it look down there?
REK: Corridors with piles of records.
REK: Smell of vinyl.
KAY: Damn, a bus almost hit me.
REK: What?
REK: Go to the fucking library and sit down.

SCRIPT

KAY: This is a preparatory session.
REK: We need a strong connection.
KAY: Understanding.
REK: Trust.
KAY: 3G.
KAY: We will only script the very first five minutes
of our meeting.
REK: I'll wait outside.
REK: Walk up to me and stare at my face.
REK: I need your eyes.
REK: I want to see your eyes lock on mine.
REK: Look at me and say something.
KAY: I will be looking at your eyes.
KAY: I look at you and say something.
KAY: Something.
KAY: Welcome to Olympiastadium.
Spielfeld für Rekorde und Emotionen.
REK: Look at my eyes again.
KAY: Your eyes are more tired than you are.
REK: I'll be so awake with you.
KAY: It's our first encounter.
KAY: I need your mouth.
KAY: I find a chewing gum.
REK: You spit it out.
KAY: It's made out of vinyl.
REK: I want you right there, before we speak.
KAY: No. Let's sit on the upper tier.
REK: I tell you.
KAY: Tell me.
REK: Look at this mouth.
REK: I submit it to you.
REK: It's gonna suck for you.

KAY: I place the words.
KAY: Olympic Games.
REK: What's the capacity?
KAY: 100,000.
REK: For us to share.
REK: Look at this mouth.
REK: It's gonna suck for you.
KAY: Omg. Say it again.

HALTEN

REK: I'm gonna call you now first.
KAY: You can't, I'm in the library.
REK: Can you answer and not speak?
KAY: I could.
REK: I'll describe it for you.
KAY: Wait, I put my earphones on.
KAY: I won't say a word.
KAY: Wait!
REK: Wait?
KAY: I'm afraid of your voice.
KAY: I mean, it's the very same mouth.
[*Sprachanruf 4:34 min.*]
REK: Shit. I'm worried I fucked up.
KAY: No.
KAY: I just couldn't take any more.
REK: I might burst.
KAY: Explode.
REK: I have a meeting in forty minutes.
REK: I beg you.
KAY: This is not about release.
REK: I beg you.
KAY: Hold this and use it for our script.

REK: I have a meeting in twenty minutes.
REK: I am going somewhere private or
it'll be a disaster.
REK: Talk to me please please please.
KAY: I'm on the tram now. It's full.
REK: I am a bit, um, full on. I'm gonna call you.
KAY: I can't take your call now.
REK: Damn.
REK: Gimme some script.
REK: I'm close.
REK: You're so cruel.

REK

KAY: 000007PHOTO-211062342-04-13-
23-53-44.jpg.
KAY: Is this you?
REK: Believe it or not, this was me only
three years ago.
KAY: What happened to that boy?
REK: Been a tough ride.
KAY: What kind of drugs.
REK: Why do you ask? You use?
KAY: No.
REK: Good.
KAY: I mean your face, then and now.
REK: Go on.
KAY: No, you tell me please.
KAY: Heroin?
REK: No.

[*During the 1700s Glaswegians developed a taste for snuff, inhaled or »snuffed« into the nasal cavity, delivering a swift hit of nicotine and a lasting flavored scent. Glasgow made its own variety but many wealthy people preferred German snuff.*]

BEWEIS

KAY: I found this newspaper note about you stabbing a man.
KAY: http://news.bbc.co.uk/3/scotland/3126886.uvp.
REK: Stabbing? What?
[*Verpasster Sprachanruf*]
REK: I've never stabbed anyone.
REK: Despite growing up in Glasgow.
KAY: The guy has your age and name.
REK: What a coincidence. Same age, same city, unusual surname.*
KAY: Prove me you are real.

**Zu den Ursprüngen seines Nachnamens: Das Diminutiv, das »Sohn von« oder »klein« bedeutet, entstammt dem altfranzösischen Wort »borel«, das einen groben, rötlichbraunen Wollstoff bezeichnete. Berufsname für einen Arbeiter im Wollgewerbe, möglicherweise ein Wollfärber, oder auch für jemanden, der gewöhnlich Kleidung dieser Farbe trug.*

OFF/ON

[*Verpasster Sprachanruf*]
KAY: Rek?
KAY: This is too long. Answer, please.

KAY: Or end it.
KAY: I can't continue, on/off-man.
KAY: Goodbye, Rek.
REK: Sorry. I went off map.
KAY: A full month!
REK: It seems someone else has hacked this.
REK: I didn't intend doing it, due to my condition.
REK: I fully intend and want to now.
KAY: I've become tired of your intention.
REK: I will come.
REK: Can you be in LYON on 13/14 ?

AN/AUS

[*Verpasster Sprachanruf*]
REK: Hold on, running for train.
REK: Hey.
REK: I didn't tell you, I've had a seizure last week.
KAY: What?
KAY: Give me some context.
REK: Light green walls, view to Oxford Road. A vacant bed next to me. Smell of vinegar.
KAY: I can't come to Lyon, Rek.
KAY: Where will you be after Lyon?
REK: NÎMES. Then BULGARIA. However, I may be able to come 20-22.
REK: Shall we pencil 20-22 in?

MATERIAL

KAY: 00001645-PHOTO.jpg.
KAY: 00001655-PHOTO.jpg.
KAY: 00001656-PHOTO.jpg.

KAY: How about those?
REK: Excellent research.
[*Sprachnachricht von Rek, 2:34 min.*]

DA

REK: 0000175PHOTO-200.jpg.
KAY: Looks like a flight ticket.
KAY: Landing in BERLIN-SCHÖNEFELD.
REK: See, there's proof now.
KAY: Just proof of intention.
REK: Oh. Fear.
REK: Please stay up for me.

FAST DA

KAY: Are you at the airport?
KAY: If no, tell me, please.
KAY: I see you received my messages.
KAY: You can't be on the plane!
REK: K, I am back at hospital.

FAVORITE PLACES

KAY: I found an online interview you did years ago: »Favourite Places of a Scottish Expat«. That's how I got here. I'm looking for more evidence of you. Walking down Hope Street now: Asian markets, laser hair removal, mindfulness offices. QUEENSPARK. I follow the path up the hill. The city below is all fog. A drawing on a copper plate shows what the tourist should see here, contours of churches, buildings, etc. They forgot the skyscrapers in CASTLEMILK. (btw, when I crossed the park last night, I wasn't sure whether it was more dangerous to carry a cunt or a computer). The tenements are losing height and ornamentation. I walk towards the cemetery. Google Maps says »Leicht rechts abbiegen auf Cowcadfens Road«. (Could you bend me slightly, Rek?) I pass the Royal Conservatory of Scotland. The National Piping Centre. Renfield Street. I see the river, your ancestors on strike against the Prussians. Red wool floating in the water. Now I know it's better we never meet. Maybe I should treat you like a place name. I'm in REK, and I'm looking for THE GORBALS. There are only new blocks of flats here. An old man comes along. He says, »There's nothing left of the Gorbals, just me,« laughs and walks away. His accent is so thick that the only words I understand are »apple trees«. There is a communal orchard on the Gorbals Burial Ground. I look for apples. A woman in a wheelchair feeds the pigeons. She greeted me with »dear«, the startled pigeons flew up and churned up my guts. I walk along the walls and read about causes of death.

John Steele, shoemaker, died January 15, 1837 at the age of seventy-five. Willim Gible, spirit maker, year unreadable, Alexander Ure, writer, aged forty-two, his daughter, Mary Ure, at the age of sixteen-months, Margarete Ure, seven years and two months.

»I'd be remiss not to put an immediate
date on it«, you wrote.

Sue Williams, at the age of three-months, Dave Coleburn, at the age of five-years-and-two-months. Many many dead children. Among them Rachel Clark. Daughter of William Clark, printer in Glasgow who died on the IX of October MDCCCXXII in the ninth year of her age. She was a child gifted with the most endearing sensibility and goodness of heart who departed this life at a period when those amiable qualifications were beginning to develop themselves which, had it pleased GOD to spare her, would have rendered a blessing to her parents and an ornament to society leaving her afflicted FATHER and MOTHER inconsolable for her loss.

I counted the times you called and I did not
pick up. Maybe you just wanted someone
to pick you up. Btw, I found a guy for us from
the outskirts of HALLE. He's huge!

REK: I'm back st* hospital.

* Der Flüchtigkeitsfehler ›st‹ deutet darauf hin, dass der heilige Ernstfall eingetreten ist: A sudden attack, ein plötzlicher Anfall (Manifestationen wie Krämpfe, Empfindungsstörungen oder Bewusstseinsverlust) hervorgerufen und ausgelöst durch zu viel Kontext. Rek hinterlässt eine dreijährige Tochter, tonnenweise Schallplatten und Hobbys.

Preißlied

von der wunderbaren wohl- und
wortgestalt des JENS, wie KAY den JENS
durch lange gründliche schreibung preiset,
in einzelne buchstaben zerlegt und
goutiert. von dem alles, das sich KAY mit
JENS vorstellen kann und wie alles
mit nichts zusammenhänget.

—Moment, bin gleich wieder da.
Ich spiel grad online … Gefällt mir deine Stimme?

Das war eine Voice Message von Jens.

Kay ist nervös.

—[Beispiel von Kays Stimme]

—Unabhängig vom Content,
du hörst Dich geil an.

Von wo der Jens spricht, ist silence.
Ab und an fiepst und ballert was.

—Schick mal was von Dir!

Er fragt noch, ob sie auch mit ihm in einen
See springt. Kay schickt ein Bild zurück, das sie beim
Kopfsprung zeigt, ihren Köpper.

—Nice! Auf was stehst Du?

Kay steht gerade voll auf Schreiben.

—Ich will Dich beschreiben. Sonst nichts.

—Muss ich dafür anwesend sein?

—Yes.

Jens teilt ihr seinen Standort mit.
Kay sieht einen kleinen Kopf durch die Stadt fahren.
Es herrscht Schienenersatzverkehr.
Jens entschuldigt sich.

Es klingelt.

BESCHREIBUNG 1
Jens liegt auf dem Canapé und spielt Video. Er hat einen blauen Kapuzenpulli an, sonst nichts. Ich beginne mit seinen Fesseln, fahre in die Kniekehlen, an der Oberschenkelinnenseite vorbei. In seinen Leisten flimmert es. Ich springe in Jens' Video-Gesicht. Laufe über den Nasenrücken und muss stocken. Da ist ein Knacks. Baseballschläger oder Laune der Natur? Rund um den Knacks liegt …

Kay kommt von ihrer Beschreibung ab.
Sie hat den Knacks nicht mal berührt.

Jens' Mund und Nasenlöcher
glotzen sie an.

—Sag mal, was ist das
eigentlich für 'ne Augenfarbe?

—Graubraun.

Er schaut, als ob seine Augen genau
das beweisen wollen würden.

—Kannst du das nochmal sagen?

—Graubraun.
Jens sagt graubraun, als ob er sich selbst mit Zahlen malen würde. Kay will Jens' Gesicht unbedingt begreifen. Sie folgt der Richtung seiner Augenbrauen, einzelne Haare hauen in Richtung Kopf ab. Brauen machen gemeinsame Sache mit Bart, umzingeln den Mund. Mimik wechselt je nach Gemütsstimmung und Game. Kay schaut auf die weiße Seite vor sich.

Da ist sie: Die Jens-Kontur!

In einer Hand hält er den Joystick, in der anderen die Kippe. Jens soll jetzt bitte nicht aufschauen, sondern weiter spielen.

—Bleib so!

Jens schaut auf und zerfällt in:

- mega Nase
- mega Lippe
- Manga-Auge
- hilflose Hüfte
- Kinn-Vorstand
- Devendra Banhart
- Nachbar vom 4. Stock

—Hey, ich kann Dich
nicht mehr auseinanderhalten!

—Lass uns eine rauchen.

Jens sitzt in der Küche und dreht Zigaretten. Filter rollen unter das Bett, unter die Heizung und zwischen die Laken, wo Kay sie findet noch Monate danach und danach. Da liegt noch einer. Wo sich Jens alles eine dreht! Wie Jens über Fülle redet. Über Rauch und Leckerness. Jens quatscht wie ein Teeny, sagt «hottie». Wie Jens stoned sein, soft. Ich bin ein Softie, sagt Jens. Seine geschwollenen Lider puffern ihren Blick.

—Fühl Dich wohl geleckt.

Er soll sofort aufhören.
Das ist *ihre* Beschreibung.

Später wird sie zugeben, dass ihr Jens
einen Tick zu hot geraten ist.

BESCHREIBUNG 2

—Sag mal Rot.

—Rot.

—Nein, kleingeschrieben.

—rot.

rot hat sein Zentrum im o, eine rotierende Dynamik, deren Mittelpunkt das o ist. o ist gewissermaßen der Trichter eines Kraters, der die kreisende Bewegung in sich saugt und drum dahin tendiert, sich räumlich zu vertiefen. In ihm ist die Saugkraft für die Umgebung konzentriert.

o schert sich nicht weiter darum, ob Jens noch da ist. Es rotiert, kreist, saugt in unvermeidlichen Spiralen auf sein Zentrum zu, es liegt auf der Zunge und in der Hand, wie es sich weitet, steht oder fällt, entgegenkommt, o bäumt sich auf, und fließt dann über, mitten heraus, o, yours truly, O.

Über eine Stunde ist vergangen. Jens ist eingeschlafen.

SONNTAGMORGENNACHT
Jens steht vom Stuhl auf, nimmt Kays Laptop auf den Schoß und schreibt:

Kay ist ein Pilz mit schimmernden Sporen. Ein Khmer aus WORLD OF WARCRAFT hat sie am Ufer eines brandenburgischen Sees gefunden. Irgendwann später in Level 7 ist sie aus der Art gefallen. Schauen wir uns diese Lamellen noch einmal genauer an: K. A. Y., ganz Produkt dieses Bodens, dieser krassen DNA. Hier wächst sie, da ist sie reingewachsen, rausgesprossen. Westdeutsche Investoren haben den Grund aufgekauft, an sich selbst weiterverkauft, jetzt vermieten sie ihn an ihre Erben. Lage, Lage, Lage.

Kay liest das und fühlt sich gründlich beschrieben. Als ob sie hardcore gevögelt hätten oder so. Sie ist high. Ihre Beine zittern. Sie steht am Fenster. Unter diesen Umständen kann sie sich gerade alles vorstellen.

—A L L E S.

Jens fragt, was sie damit meint: a.) Triple penetration, b.) Familie und Kinder. c.) Ein Hörspiel.

Nichts von alldem. Kay holt Luft. *Sie* ist die Autorin dieser Show. Es mag trivial erscheinen, aber aus historischer Perspektive ist das eine Sensation. Diese Frau da, am Fenster.

BESCHREIBUNG 3
Fokussieren wir das Wort für einen Moment:

Jens

Jens ist undeterminiert, tense. Das s lehnt sich raus und zieht. Ein Ausgleich der Kräfte ist durch die kurze Weil im e gegeben. Das e tritt nun aus dem Hintergrund, in dem die anderen Buchstaben liegen, in die Ebene des Betrachters.

Jens

Das J zögert den Beginn der Handlung merklich hinaus. Es steht am weitesten im Wort zurück, ist blass. Der Rest des Wortes ist blurry, man könnte fast sagen, Wind fegt darüber hinweg.

Was Kay noch nicht wusste: Jens war mal Servicetechniker für Windanlagen und ist durch Nord-und Mitteldeutschland gefahren, Fett oder Öl austauschen. Er hat seinen Führerschein verloren und musste umschulen. Das war vor drei Jahren. Jetzt jobbt er für einen Onlinestore.

— Handyhüllen und so. Und warum kannst
du hier so lange rumliegen?

Kay besitzt Liegenschaften in Aschaffenburg. Sie schämt sich ein bisschen dafür. Jens glaubt, dass es sehr wohl Settings gibt, in denen Zärtlichkeit klassenübergreifend existieren kann. Nach 48 Stunden mit ihr in dieser Wohnung kann er allerdings sagen, das geht nicht gut. Eine weitere Nacht würde ihn sozial total überfordern. Er würde sich auf jeden Fall noch mal melden wollen, will aber nix versprechen oder jetzt 'nen Termin ausmachen oder so. Was auch immer er von ihr hält.

—Mein Schwellkörper steht voll auf dich.

Fünfter dienst

wie KAY mit BAM ins
reich der harten regeln tritt.
von der swierigkeit, dem eigenem bilde zu
entsprechen. von einem Interieur
am bundesplatz mit
katzen.

Endhaltestelle Bundesplatz. Du läufst die Treppen vom Bahnsteig hinunter. Der Wind zieht durch die Ösen deiner Montur. Du musst. Vor der Wohnsiedlung gibt es einen Parkplatz. Du setzt dich zwischen die Autoreihen, pinkelst noch schnell und denkst an das, was dir bevorsteht.

Bam öffnet dir die Tür. Er ist zehn Jahre älter als auf dem Foto. (Auf seinem Profilbild war Bam noch Schauspieler. Deutsche Vorabendserie, Bundespolizeidirektion MÜNCHEN.) Du fragst Dich, was Bam jetzt sieht, wenn er dich anschaut. Du hast dein Profil seit drei Jahren nicht mehr aktualisiert und hoffst, dass du dir noch ähnlich siehst. Bam lässt sich gerade umschulen als Psychologe. In seiner Wohnung riecht's nach Babyöl und Katzen. Du hast Deinen Mantel noch nicht abgelegt, da machen sie schon an Deinen Waden rum. An den Türen und Wänden. Bam und Du, ihr habt Euch das so ausgedacht. Du hast dir das vorgestellt, außer das mit den Katzen. Der ganze Rest, diese Reality, geschieht dir recht.

Du liegst also in einem Bett in einem Hinterhaus am Bundesplatz. Es ist Winter und die Wände sind unverputzt. Bam behandelt Dich wie abgemacht. Er will, dass Du Dich an die Wand stellst. Nicht in den Flur wegen der Katzen. Er zieht das durch. Unter

Bams Wohnung ist ein Restaurant mit speziellem Geschirr, — unbezahlbar, wo jeder Löffel 'nen Fünfer kostet oder so. Die Leute scharren und gackern. Du hörst sie jetzt, — die sind auf Pille oder sie sind Franzosen, sagt Bam. Er ist fertig mit Dir, du bleibst noch eine Weile liegen. Die Katzen kratzen an der Tür. Halt, dazwischen ist noch was schief gelaufen, das war nicht abgemacht. Bam hat dich blank genommen.

Erst hat ihn der Vater geschlagen, dann der Stiefvater. Bis zu dem Tag, an dem er zurückgeschlagen hat. Bam geht auf die Sportschule. Auf KUBA wird er ausgeraubt, steht ohne Rucksack im ostdeutschen Konsulat. Für's erste Mal Sex hat er bezahlt. Seine erste Frau hieß Beate Mayer oder so. Die Tochter wohnt zur Hälfte da. Seine Katzen sind sehr unterschiedlich. Die eine traut sich nicht heraus, die andere ist total leutselig, egal mit wem, — Hauptsache Mensch.

Bam liegt nicht einfach da, sondern genau so, wie du es willst. Du behandelst ihn wie abgemacht. Du ziehst das durch. Früher hat ihm Stanislawski geholfen, — Rollenschutzthese und so. Du bist fertig mit Bam und Dir fällt nichts mehr ein. Also ziehst Du dich an, steigst in die letzte U-Bahn. Die Hälfte von Dir liegt noch am Bundesplatz. Du wirst Bam nie mehr wiedersehen, aber er kommt ab und an zurück.

Sechster Dienst

wie die historia der KAY einen tragischen höhepunkt nehmet, die heldin dem narcissus SAL verfällt. wie KAY aus gesundbrunnen fliehet, um von kaukasischer folklore geblendet, doch erneut in SALs fänge zu geraten. wie KAY geswangert und allein gelassen ward, sich ein sehr erwünschtes kinde vom leibe schaffet, darüber weinet so weit es geht. vom kinde, das KAY schon hat. wie die heldin nach der causa des schmerzes suchet, dabei die natur der frau ausmachet, die es zu verändern gilt.

I

Sal: I like your chin very much. It's amazing.

Sal sah Kay, Kay sah Sal an der Kreuzung stehen. In einem 5-Sekunden-Duell glichen sie einander ab. Er: Exzentrischer Haaransatz, sonst Glatze. Sie: Groß, größer als gedacht, dreckige Sneaker. Sein Hemd war bis zum Anschlag zugeknöpft. Ihr Körper lag hager lose in einem gestrickten Seidenkleid. Ein Auto zerschnitt ihnen die Sicht. Dann lief er rüber zu ihr.

Sal war scheu wie eine Amsel. Kay lachte ihn locker und dachte, seine Frisur sei nur eine Frage der Zeit. Hätte sie ihn nicht daten müssen, hätte sie ihn einfach an einer Kreuzung stehen sehen. Aber da sie sich nun mal verabredet hatten, würde sie sich schon einreden können, dass sie sich verstünden, solange er ihr gegenüber saß und schwieg. Sie schaute auf die kleine Narbe in seinem Oberlippenbart. Sie mochte die Zäsur und wie sie sich zog, während er rauchte. Er bestellte Limonade, keinen Alkohol, fair enough, es würde ihr auch so gelingen, seine Züge aufzulockern. Sie hatte GEORGIEN auf Wikipedia studiert, abtrünnige Gebiete, Volksgruppen und Sprachen notiert. Als Gesprächsstoff boten sich die abrupten

Klimaschwankungen im Frühling an, der Übergang zur Marktwirtschaft oder vielleicht seine Stellung zur Frau. Sie reichte ihm das Brot. Die Lösung lag in etwas Unverfänglichem, sie würde ihn ansprechen auf das Fehlen des grammatischen Geschlechts im Georgischen, auf die Nichtunterscheidung zwischen bestimmtem und unbestimmtem Artikel. Würde er/sie diese/eine Auberginenpaste mit ihr/ihm teilen wollen? Und wie würde sich das anhören, Stichwort »Konsonantencluster«. Wenn das mal keine Vorlage für einen Schriftsteller war, dann hätte sie noch wissen wollen, und das schon sehr sehr lange, wie man die Vergangenheit in seiner Sprache formte.

Sal wurde ungehalten. Wie konnte sie nur damit anfangen, sie hatte nichts verstanden. Seine Sprache gehörte zu den ältesten und schwierigsten der Welt! Kay nickte, machte eine fixe innere Wendung. Bloß jetzt auf keinen Fall seinen Roman ansprechen. Ihr fällt etwas anderes ein: Ob er den Exzessiv im Baskischen kenne. Er platzte fast, sie öffnete seinen obersten Hemdknopf. Was sie denn den Rest des Abends mache, er wolle diesen Abend mit ihr verbringen. Er schritt plötzlich mit unerhörter Bestimmtheit voran.

Der Tollfindepunkt war erreicht, als sie die Treppe zur U-Bahn hinunterliefen, der Gitarrensong überschwappte, immer lauter wurde, Sal anhielt und den Musiker auf Russisch anquatschte. Russisch! Ihm ging es ähnlich, auch wenn sich sein Gefallen für sie derart plötzlich akkumulierte, dass er dazu neigte, sie damit umzuwerfen.

In einer Bar in Neukölln beschwor er die 90er Jahre herauf. —Stell Dir vor, eine Stadt ohne Strom. Eine dramatische Fototapete zog hinter ihm auf. —Drogen und Waffen. Die gewaltigen Gebirgshöhen des Kaukasus, tief darunter das SCHWARZE MEER, zwischen ihren Hockern klafften Schluchten. —Und nichts zu essen. Kay fühlte sich so unbescholten first world, der zweite Weltkrieg lag zu lange zurück, als dass sie darauf hätte rekurrieren können. Immerhin, ihre Mutter und sein Vater waren beide tot. Kay zoomte Sal näher zu sich heran. Wie sehr wollte sie mit den Fledermäusen ziehen, die in den Schatten unter seinen Augen lagen. —Welcome to hell!, er prostete ihr zu. Sie blieb an seiner Wange haften.

Sal wohnte in einem möblierten Stipendium hinter dem GESUNDBRUNNENCENTER. Auf der Raufaser hingen John Coltrane und Sonic Youth, auf der Couch lag Schokolade in losen Stücken. Sein Hals roch nach Weihrauch, wieso hätte sie warten sollen. Sie war einfach mitgegangen. Sal schlief jetzt oder tat nur so, während seine Zähne mahlten. Kay trieb sich in seiner Wohnung herum. Im Bad fand sie einen Flacon von Comme des Garçons und einen roten Kinderstuhl. Sie zählte 15 Paar Schuh. In diesem spendierten Environment gab es nichts weiter Verwertbares. Ein Electrosound kratzte an ihren Nerven. Sie lief umher, endlich fand sie die Quelle, es war sein Telefon. Sie löste die Disko in seiner Jackentasche auf und ging.

II

Sal: I see you don't miss me at all.

Sal war krank und Kay öffnete seinen Kühlschrank. Wie sollte eine einzelne Frau dem Zusammenbruch eines ganzen Landes begegnen. Sie suchte nach einem geeigneten Ort für ein Frühstück in seiner Wohnung. Es wimmelte von Tabakkrümeln, sie fand einen Tisch auf dem Balkon und wischte, er drehte sich eine. Wo du von DEUTSCHLAND sprichst. Sal öffnete sein Notizbuch. Er schrieb in kleinen Blumensträußen, sorgfältig gebundenen Tropen. Würde er nicht so viel träumen, wäre sie längst vertrocknet, seine Sprache. Der Ausländerbehörde erzählte er von Rilke und Mann, er wolle sich ja nicht vergleichen, aber. Der Übersetzer musste stocken. Georgische Extremisten hatten ihn auf offener Straße, seine Story war krass. Im Sprachkurs kam er sich vor wie ein leckendes WAS, je mehr Deutsch, desto weniger blieb von ihm übrig. Kay blickte hinaus in die Siedlung, in der sie ihn untergebracht hatten. Und sie wusste jetzt schon, der Berliner Winter würde ihm den Rest besorgen.

Sal fasste sich selbst wie in einem Beipackzettel zusammen: —I have neuroses. I have depression. I have no friends and I'm a complicated character. My resident permit expires in three months. The asylum authority does not respond. What else shall I tell you? Er fügte noch seine Ehegattin hinzu bzw. die Gründe, warum sie ihn verlassen hatte. Ihr Name stand noch auf dem Klingelknopf. Kay zog die Tür hinter sich zu und lief auf die Straße. Unten angekommen, atmete sie durch. Entkommen!

III
Sal: Fuck! How can we lose each other?

Sie/er würden also so tun, als habe es den Anfang nicht gegeben. Sie trafen sich auf einer Brücke. Auf der INVALIDENSTRASSE hielt er an und sagte, er sei nicht zu übersetzen. Seine Romane seien Fugen, sie seien wie, wie, wie. Er fuhr fort, die Invalidenstraße war lang. Er, Sal, alias Alan Vega, Lermontow, Vivienne Westwood... Er suchte nach einem ebenbürtigen Vergleich. Stell dir vor, Du bist mit Marilyn Manson zusammen, nein. —What's up with you?, sein Blick drohte zu kippen. —I'm a fucking pop star! Kay wollte ihm die Bedeutung nicht abnehmen. Wie sehr er das Land liebte, in dem sie seine Bücher verbrannten. In Berlin grüßte ihn keiner und alle Vergleiche hinkten.

In einer Hand hielt er ihren Hintern, in der anderen eine Valium. —Wie viel Zeit hab ich noch?, fragte Kay. Sie hatte sein Buch gelesen. Die Protagonisten fickten, koksten und shoppten, im Hintergrund herrschte Krieg. Sie schlief gegen alle an. Kay war besser als Maya, Nino, Kitsi, Salo sowieso. Er sagte, er hätte noch nie so. Es dauerte drei Tage, bis sie sich voneinander erholten. Wie wäre es mit einer Fernbeziehung in der eigenen Stadt? Er konnte wieder nicht schlafen.

IV
Sal: Seems I'm falling asleep.

Kay: Fall fall.

Als Kay aufwachte, war es schon zu spät. Sals —I love you siedete in ihrem Bauch. Da packte sie allen Mut zusammen und liebte zurück. Er grollte über ihre Play-list, —oh you won't like my music und drehte seinen iPod auf. —I hate jazz, sagte Kay. She was in love und sie war dabei, ihre liebsten Aversionen abzulegen. Sie hörte Coltrane! Sal spülte das Geschirr. In seinem Land hätte das zur Exkommunikation geführt. Er kam mit seinen Hosen, sie legten ihre Leben zusammen in nur einem Tag. Ihr zuliebe hatte er seine Haare abgeschnitten, warf die Tabletten fort. Alle sollten sehen, wie weit er schlafen konnte mit ihr. Er schenkte ihr Schuhe, Lilien, Portemonnaies. Sie fuhren mit der U-Bahn in den nahen Westen, so lang, bis sie die Einzigen im Abteil waren. Hand in Hand. Ihre Jacken bildeten einen doppelten Ärmelkanal. Sal holte zwei grüne Fruchtriegel aus der Tasche. Sie schmeckten hin und her im Testvergleich, warum musste Kay so lachen. Später fragte sie sich, wie lang. Wenn man sich nicht so fest hielt wie in diesem Moment, einen Monat, zurrten sie zusammen zu einem/diesem Tag.

Im Museum hangelten sie sich von Vitrine zu Vitrine, Kuss zu Kuss. Kraftfiguren schauten ihnen entgegen, *Nkisi* oder *Nkondi* genannt, über und über mit Nägeln gespickt. Sie regelten den Verkehr zwischen Sichtbarem und Unsichtbarem, stand auf dem Schild. Der Nkisi besaß Gefühle. Indem man Nägel in ihn schlug, wurde seine Kraft aktiviert. Man verwendete die Figuren bei der Geburt eines Kindes, bei der Unterzeichnung eines Vertrags oder gegen die Schwüre eines Feindes. Wer vor ihm die Unwahrheit sprach, lieferte sich der Verfolgung aus. Du hast mich, hast du mich, Kay deklinierte. Sal schrieb *kutu*, *chuchu*, Genitalien nach Größen geordnet in ihr Notizbuch. Scheiß auf die Nato, sagte Kay, sie würde ihn heiraten, Europa, Punkt und Ende der Depression.

V

Sal: Just the right dose of us.

Kay wusste, sie selbst lag diesem Trip zugrunde, ganz und gar, wenn sie, so wie er es wollte, die exakte Dosis Tabak zwischen ihren Fingerspitzen wog, zerzauste, auf das Blatt legte, das er mit seiner Zunge versiegelte, vom Nabel bis zum nächsten Zug, in diesem getakteten Bett, bevor sie neue Schwüre formten, —sprich mit mir, bloß nicht anhalten, und sie flog. Er brauchte ihr High zum Atmen. Seine Schwere war aufgehoben in diesem Moment. Sie waren jetzt ganz oben und betrachteten die Welt aus Sicht einer Deckenlampe. Ob sie nicht sähe, und sie sah, wie verändert er war, —holy shit! Er war so sicher wie noch nie. Wenn sie ihm die Brille von den Augen nahm, das war doch das Material aus dem man Menschen machte! Er rauchte sie jetzt.

VI

Sie konnte den Beweis kaum abwarten. Test positiv. Die Brust hatte es schon gewusst. Er schlief noch, als sie ihn mit ihrer Freude überfiel.

VII

Sal: AT THE MOMENT just give me
some time, please.

Kay: This moment has lasted for two weeks now.

VIII
Kay: Are you still there?

IX
Kay: Sal?

X
Kay blickte in die schwarzweiße Höhle aus Ultraschall. Man konnte das kleine Herz schlagen sehen und hören. —Sie wollen es nicht austragen?, fragte Dr. Samstag. Die Praxis lag neben der Gedächtniskirche. Um zum OP-Raum hinten links zu kommen, lief man durch den Flur eines Kinderwunschzentrums an lachenden Spermien vorbei. —Wundern Sie sich nicht, wir teilen uns nur die Räumlichkeiten.

Irgendwo auf halbem Weg, dachte Kay an das, was Sal gesagt hatte. —Are you afraid? Sal hatte drei Kinder und kein einziges lebte bei ihm. Frauen hatten die Kinder ausgetragen und zogen sie in ihrem Land auf. Er hatte damit angefangen. Er wollte ein Kind mit Kay. Später korrigierte er: —I liked the idea. Maybe in two years. Als Mann kann man sowas sagen. Kay war 45 Jahre alt. Sie hatte seine Geschenke, das Portemonnaie, den iPod, seine Hosen in ein Paket gepackt, durch den Regen getragen und retour geschickt. —It will kill us, hatte Sal noch gesagt. Er hatte es sich anders überlegt, da war Kay schon schwanger.
Das Wartezimmer war nüchtern. Während Kay wartete, dachte sie an den Moment, in dem Sal entstanden war. Es war kein weiter Weg für ein Spermium,

aber ein großer Schritt für einen Mann aus TBLISSI oder sagen wir besser TIFLIS, weil es mehr nach Krankheit klingt, der Name, der an den Nordosthängen des Mtabori hängt, wo bis zu 46,5°C heißes Schwefel-Quellwasser aus der Erde kommt, das Tiflis aus seiner Kindheit, wo das Graffiti »Schwanz« von allen Wänden starrt, wo es noch Wunder gibt und die Patriarchen iPhones und Autos segnen. Kay dachte an den Moment, in dem sein Vater seine Mutter ins Auto zerrt, wie Mann sich Frau nimmt, ganz unbehelligt, mitten am Tag und Prost! Ein Trinkspruch auf Puchu, Chatschapuri und Chinkali. Kay dachte an den Moment, in dem Sal, 12 Jahre, vor den männlichen Verwandten seine Hose herunterlassen musste, —show me your passport, please, Männer glotzen und lachen. Sal, der sich auch Mamuka, Tato, disk_full nannte, sich in seinen Romanen um die Wette blasen lässt, weil es den Priestern so gefiel, dass sie ihn fast tot schlugen. Auf der Straße. Sal, der bis heute jede Ähnlichkeit mit einer Amsel leugnet, »stay fake«, der kein Fleisch isst und nicht trinkt, genau deshalb. Und sie fragte sich, aus was ist der gemacht.

XI

Kay wurde aufgerufen. Sie ging in das Umkleidezimmer, zog den Kittel an und dachte an ein Büßerhemd. Es gab dort ein Bett, ein Fenster. Draußen rauchte ein Schornstein. Sie hielt sich an einem x-beliebigen Gedanken fest. Sie dachte daran, eine Birne aufzublasen und war von Birnen zu Äpfeln zu einem Finger übergegangen. Es tat gut, einen kleinen Finger aufzublasen. Die Luft stauchte am Gelenk. Die Sprechstundenhilfe hatte einen Namen, Jenny oder so ähnlich. Es

war sehr menschlich hier und sie fragte, ob sie einverstanden sei. Kay sagte, sie sei nicht einverstanden, sie werde das unterschreiben. Nicht bevor sie mit einer/der letzten Instanz gesprochen habe. Gott und Mutter waren tot, zumindest gerade nicht zu erreichen,
—Wissen Sie, ich weiß nicht, was das macht mit mir. Sie wolle den Doktor sprechen. Ihre Hand lag auf dem Bauch, als gäbe es etwas zu beschützen. Doktor Samstag erschien, so hieß er wirklich. Sie fragte, ob das normal sei, sie sei so sehr. Ob das weggehe, wenn es weg sei. Er müsse wissen, es handele sich um einen Wunsch. Doktor Samstag fragte, ob sie nicht einverstanden sei. Und Kay nickte, schüttelte den Kopf. Was sollte er schon sagen. Kay lief auf Socken, —lassen Sie die Socken ruhig an, und legte sich hin.

XII

Kay wünschte, sie wäre nicht da. Die Anästhesistin hatte einen Namen, Maria oder so ähnlich. Sie streichelte ihren Arm. Ein erster »Schnaps« gegen die Übelkeit, sie solle sich keine Gedanken machen. Kay dachte an. Ein Rest Wille verzog ihr das Gesicht, dann war es/sie weg. Ganz, wie gewünscht.

1.
Sal: How is your pregnancy?

Kay suchte nach Floskeln, Wendepunkten. »I like your chin very much.« Der mentale Algorithmus lief abermals durch sie hindurch. »I don't like you, I love you.« Sie zählte, wie oft das Wort »very« gefallen war. »Very much.« Das deutsche Wort SEHR bedeutete einmal wund, nicht verharscht und deshalb empfindlich. *das antlitz ist sehr, und rot mit zerblagten und flyetzenden augen.* Nur in einigen Mundarten lebte es noch fort als *seere, empfindliche, bei berührung schmerzende haut oder empfindung am zahnfleische*, wenn man z.B. *unreifes, saures obst iszt.* Die Idee war zur Größe einer Blaubeere angewachsen. Sehr tot war das. So oft Kay auch aufwachte, es gab nicht auf. Im Verlauf der Zeit müsste es doch an Empfindlichkeit einbüßen. *das verblassen des adverbiums geht so vor sich, dasz es zunächst den grad des leids, der schwierigkeit, der noth bezeichnet, dann aber überhaupt einen starken grad angiebt; unter nachwirkung der alten bedeutung: gespile, liebste gespile mein, warum trauerstu so sere.* Es kam jetzt ganz auf den Stil an. In welcher Form sie das Ereignis fasste. Als Roman, Studie oder Comic? Kay wünschte so sehr, es wäre kein Wunsch gewesen. Furcht meines Leibes, you fucked up my life!

Kay, 45, wünschte sich ein Fieber, ein gutes altes Thermometer, das an einer roten 37 vorbei alle Zahlen putschte. Ein Fieberschub aus Quecksilber, der sich nicht aufhalten ließ, mit ihrer Hitze wuchs. Ihr persönlicher, unermesslicher Ausnahmezustand. Dr. Samstag hielt sie auf einem Balkon kopfüber in die

Siedlung. —Sehen Sie, sie ist übergeschnappt! Als Kind hatte sie einmal ein Thermometer zerschlagen, weil sie wissen wollte, aus was Fieber besteht. Bleierne Perlen, ungleich Wasser, kullerten heraus und behielten ihre Form. Sie hatte ihrem Bruder mit einer Rasierklinge in den Arm geschnitten, weil sie wissen wollte, aus was Bruder ist. Kay wünschte sich ein Fieber ohne Maß, sie würde aufkochen, nur kurz. Dann wäre alles vorbei.

2.

Kay: I thought you had balls. 1 at least.

Es gab drei Formen der Verneinung im Georgischen und er war die vierte. Sal hörte das Klingeln und er ging nicht zur Tür. Es war der Schriftsteller aus Bangladesch, der seine Wohnung übernehmen, der Postbote oder die Frist, die ihn ausziehen sollte. Die Deutschen ließen alle rein, egal ob er/sie schreiben konnte oder nicht. Sal saß auf dem Balkon und antwortete nicht. Er schrieb um die Genehmigung seines Lebens, an einem neuen Roman: Sieben Frauen und drei Männer in Quarantäne in einem italienischen Landhaus, Gang-Bang, draußen wütet der Terror. Sein Notizbuch war mit den Fetzen seiner neuen Lederjacke bezogen. *So what*, derselbe Song lief seit acht Stunden. In der Siedlung gingen die Lichter an. Sal lehnte sich gegen die Brüstung und betrachtete, was er geschrieben hatte. Kay, alias Tamara, sollte darin vorkommen. War/ist die Liebe nicht eine Marotte. Und machte es einen Unterschied, ob man wahnsinnig verliebt war/ist oder sich wahnsinnig verlieben wollte. Jetzt, wo sie weg war, konnte er mit ihrer Figur machen, was er wollte. Er schrieb nicht gern. Aber er hatte sich selbst davon überzeugt, dass es so war. Halleluja! Im Georgischen lautete die Passage natürlich ganz anders, es war ein musikalisches Problem, wie oft sollte er es noch erklären. So wie Sal schrieb keiner. Wie gut, dass ihn das Deutsche nie verstehen würde.

3.
Kay: I need my keys and the blue jacket.

4.
Sal antwortete nicht.

5.
Kay lag da. Nur manchmal wollte sie aufstehen, um sich aus dem Fenster zu werfen. Sie wünschte sich, da wär' keine Siedlung und die Menschen hätten sich nie fortgepflanzt. Sie wünschte sich einen großen Bruder. Sie wünschte ihm einen orthodoxen Priester an den Hals. Sie wünschte sich Spiegeleier und Lynchmord am helllichten Tag. Sie würde den Verlag anrufen, die Ausländerbehörde, die Kirche.

6.
Kay wütete und wenn sie nicht krank geworden wäre, würde sie noch immer wüten.

—Was ist eigentlich das Problem hier? —Das Problem ist die Frau an sich. —Nein, dass sie die Wahl hat. Der Westen! —Halt's Maul.

7.
Am 4. Dezember fing Kay zu weinen an. Sie weinte weiter am nächsten Tag und an den darauffolgenden Tagen. Auf einer Verkehrsinsel. UNTER DEN LINDEN. Vor dem Kühlregal. Am 13. März putzte sie einen Zen-Tempel und weinte. Sie lief durch einen Wald mit kleinen Buddhas und weinte. Als es wärmer wurde, weinte sie weiter, bis auf die Tage, an denen es regnete. Sie gab sich alle Mühe, aber sie tat sich beim besten Willen nicht leid. Eine Hand hatte das Medikament eingeführt, die andere hatte daneben gelegen.

8.
Es stirbt und stirbt und hört nicht auf
zu sterben in ihr.

9.
Vorwärts.
Kay beschreibt den Regen. Tropfen für Tropfen. Blätter am Baum folgen ihr, fliegen. Jedes für sich. Hinter den Häusern donnert es. Wind weht über die Stadt. Der Satz ruckelt, klebt an der Scheibe, am Bildschirm fest. Der Cursor reißt sich los, überholt den Gedanken, das Tippen ist lauter als der Regen, als alles, was passiert ist. Sie versucht, den Regen zu beschreiben.

Rückwärts.

Kay schrieb »Regen«. Der Cursor riss sich los. Überholte den Gedanken, das Tippen war lauter als die Wehen, als alles, was nicht passiert war. Sie schrieb »Tropfen für Tropfen«, Blätter folgten, flogen für sich. Hinter den Häusern donnerte es. »Ich wehe«. Der Satz ruckelte, klebte an der Scheibe, am Bildschirm fest.

8.
Sie wacht auf und sucht den Grund. Warum nochmal. Warum. Ich wollte Dich doch so sehr. Kay liest die Gründe von einer Pro- und Kontra-Liste ab. Sie rekapituliert.

7.
Sie wollte Kinder, bloß keine Familie. Kinder wollen das schon, richtige Familien. Kinder sind hardcore. Kinderhaben heißt jahrzehntelang gute Gründe haben, dass man zu nichts kommt. Vielleicht will man zu nichts kommen. Seine Ruhe haben. Sie wär' lieber Vater geworden.

6.
I couldn't bear you.

5.
Wenn man sie fragt, dann hat es keinen Namen. Wieso auch. Es war ja noch kein Kind. Es gehört der Gruppe der austauschbaren Wesen an. Von dort taucht es von Zeit zu Zeit auf. Es wird älter. Es nimmt das Gesicht anderer Kinder an. Von diesem Mädchen, zum Beispiel. Guck mal, so alt wäre es jetzt. Es taucht in Gegenständen auf. In diesem kleinen Schuh, zum

Beispiel. In diesem Kürbis. Guck mal, da ist die Haltestelle, an der sie gestanden hat, in der Zeit, in der es noch hätte geboren werden können.

4.
Herz schlägt Frau.

3.
Kay liegt neben ihrem schlafenden Kind und denkt darüber nach, wie es durch sie auf die Welt gekommen ist. Wie das ging, ist ihr noch immer unbegreiflich. Es atmet. Ganz allein, einfach so. Und das schon sechs Jahre lang.

2.
TAXIFAHRER
Hast du Geschwister?

KIND
Nein. Und das ist auch gut so.

1.
Kay zeltet in einem Zeitklumpen.

0.
Kay träumt, ihr Kind muss in den Bauch zurück. Es ist wieder im Bauch. Sie fragt die Ärzte im Traum —Wie kann es da überleben, jetzt, wo es doch schon atmen kann?

Albtraum nach der Geburt. Sie hat das Kind im Supermarkt vergessen. Einfach stehen gelassen.

Die Mutter hatte ihr das eingebläut: —Wenn du in einen zugefrorenen See fällst und unter der Eisschicht steckst. Wo musst du hinschwimmen? Du musst ins Dunkle schwimmen! Merk' Dir das. Der Himmel ist da, wo es dunkel ist!

Kay hat das Kind schrecklich lieb. Manchmal kippt das Lieben ins Schreckliche. Weil mit dem Kind auch der Gedanke auf die Welt gekommen ist, dass das Kind tot. Sie darf das nicht zu Ende denken.

ÄRZTIN
Der Bluttest war negativ. Die Schilddrüse ist nicht betroffen. Hormone sind okay.
Sie müssen sich in Etwas hineingesteigert haben.

KAY
In was?

Kay hat seit 37 Tagen nicht mehr geschlafen.

ÄRZTIN
Haben Sie Schmerzen?

KAY
Nein.
ÄRZTIN

Auf einer Skala von

---

bis, wo ist der Schmerz anzusiedeln?

KAY
Da.

Kay fasst an die Stelle unter dem Zwerchfell.

ÄRZTIN
Wie fühlt sich das an?

Kays Magen murrt.

ÄRZTIN
Sagen Sie mir doch, was sie auf dem Herzen haben.

KAY
Da ist kein Organ mehr, das ich aussprechen kann.
Und das, was so weh tut, das ist nicht mein Schmerz.

ÄRZTIN
Soll ich den Soziologen rufen?

Kay nickt. Die Ärztin überreicht ihr eine Überweisung.

ÄRZTIN
Sie brauchen jetzt viel Ruhe. So schnell wird das nicht weggehen.

KAY
Ich werde keine Ruhe geben! Schauen Sie sich doch um! Alle diese Menschen sind durch Frauen auf die Welt gekommen. Sind die Frauen noch ganz dicht?

ÄRZTIN
Ohjee, in was für eine Liebe sind Sie bloß gefallen?

KAY
სიყვარული
(Oimoi!)

Kay weint auf Altgriechisch. Die Ärztin verschreibt ihr Tropfen.

Interludium

von der utopia
eines apparates
zur distribution
von zärtlichkeit
für alle.

Dear Kay (Nachname),

Sie wurden per automatisiertem Zufallsverfahren ausgewählt, am 22.2.2032 mit X.Y. das Bett zu teilen.
X.Y. kommt um 22:20 Uhr an; Ihre Adresse wurde übermittelt. Bitte öffnen Sie die Tür.
Minimum: Nebeneinander liegen.
Maximum: Löffelstellung.
X.Y. geht am nächsten Morgen um 7:00 Uhr und wünscht kein Frühstück. Vielen Dank.

Frank Forsch
Ministerium für Fremdenverkehr

Siebter Sdienst

wie KEN und KAY den hunger mit kohl besiegten, sich auf einem feste vergnügten. von festen, wie es sie nur noch selten gibt. KAYs hang, allerlei dinge an allerlei orten zu verlieren. wie gut KEN KAYs kopfe hält. vom milieu der philia und dem nachgeschmacke deutscher keller.

Der erste Blumenkohl ist schimmelig geworden und Ken musste noch einmal durch den Regen zum Spätverkauf, um einen neuen zu besorgen. Er hängt den Schal neben dem Vergrößerer auf. Kay fragt sich, ob das eine Wohnung ist oder ein Labor.

—Ist das Entwickler oder Essig? Ken legt sein Garfield-Grinsen auf. Er will, dass Kay mit in den Keller kommt, um eine Flasche Wein zu holen. —Einmal in den Zweiten Weltkrieg und wieder zurück! Wenn sie Glück haben, finden sie noch einen Jutesack. Ken will wissen, welcher Wein. —Den Erstbesten bitte, sagt Kay. Schade. Ken schwebte ein Geplänkel vor über die Farbe des Châteauneuf du Pape. Er hält die Flasche gegen das Schummerlicht. Aber Kay ist abgelenkt. Hinter ihnen hängt die handgeschriebene Anweisung des Hausmeisters, der darum bittet, das Abstellen von Gegenständen zu unterlassen, diejenigen zu melden, die das nicht tun.

Kay ist froh, zurück in Kens Wohnung zu sein. Sie will wissen, ob hier auch mal die Sonne reinschaut, welche Ausrichtung das wäre. —Erdgeschoß zweites Hinterhaus, sagt Ken. Zwischen 13:00 und 14:00 Uhr wirft die Sonne, wenn sie den Dachgiebel streift, ein leuchtendes Dreieck zwischen Fensterbank und Duschkabine. Und ganz selten, gegen Mittsommer, gibt es am Nachmittag ab und an Blitze, —wenn die Nachbarin gegenüber den Kleiderschrank mit Spiegel öffnet. Die Mietpreise steigen von Stockwerk zu Stockwerk, dafür duscht es sich hier unten ungeniert. —Darf ich? Kay kennt das Modell noch aus den 1990ern. Das Gefühl von Wasserknappheit rieselt ihr über den Rücken und ganz hinten lauert der Gedanke an die eigene Elektroexekution. —I love it! Der Duschdampf mischt sich mit Dunst des Blumenkohls. Sie essen und freuen sich, weil es noch eine Party um die Ecke gibt. Eine echte Party, die es eigentlich nicht mehr gibt in dieser Stadt, wegen dieser Zeit, wegen der Mieten und weil man selbst zu alt, keine Zeit, doofe Ausreden, etc.

Sie laufen durch den Regen, eingehakt, Ken hält einen Knirps. Er klopft an die Ladenwohnung mit den verschwitzten Scheiben. Cem steht da. Abgehalfterter Anzug, kariertes Hemd. Er sagt, —Ken, Du Augenschmaus! Und Kay freut sich, dass es Cem noch gibt, also Menschen-wie-Cem, seine Art zu spinnen, alles, was kommt, so zu nehmen wie Cem eben. —Klar erinner' ich mich! Du hast doch damals die SCHÖNHAUSER ALLEE gebaut. Cem war mit Kohl per Du und er hat im Frisör Cuba Libre mit Harzer Tannenzapfen serviert. Cem zieht die Dinge an den Haaren herbei, während sie auf der Tanzfläche stehen und besoffen sind vom Zigarettenrauch und *Pump up the Jam*. Kay hatte Cem 1994 wirklich auf der Schönhauser Allee getroffen, er hatte sie mit seinen tollen Biberzähnen angelacht, als wollte er ihr in den Hals beißen, sie war weitergelaufen. Mittwochsbar, 4. Stock zweiter Hinterhof, da hatte sie ihn wieder getroffen. Cem, in Chinchillamantel, spielte Roulette mit Knöpfen. Ungefähr seitdem tut Kay's ihm nach, lacht wildfremde Menschen an, Frauen, zum Beispiel, wenn sie ihr auf der Toilette entgegen kommen. Was eigentlich nicht wirklich geht, weil Leute hierzulande denken, —Was will die von mir? Cem ist hinter der Bar verschwunden und Kay und Ken überkommt das Bedürfnis zu fummeln. Vor den Toiletten steht ein alter Sessel. Kens Schoß macht eine tiefe Kuhle und Kay versinkt darin kopfüber. Ein amerikanischer Austauschstudent beobachtet die Szene und lacht. Jetzt fährt keine U-Bahn mehr und Kay geht mit Ken nach Hause.

Als Ken die Tür aufschließt, fällt ihr ein, sie hat wieder was vergessen, weiß aber nicht mehr was. Wenn ihr Kopf nicht angewachsen wäre, dann wäre er ein Blumenkohl. Er liegt jetzt auf Kens Kissen, ganz glatt. Ken und Kay liegen da wie zwei Freunde. Sie müssen sich nicht weiter anfassen.

Achter dienst

vom vielbevölkerten
sommerbade des bezirks
wedding, dortselben KAY das
rutschen von ihrem kinde erlernet.
wie kay in einer lustigen gauklertruppe
dem NYAM begegnet, der sie wild
umbalzet. wie KAY sich flugs
entscheidet, sich das wohl-
gestalte wesen halb mensch-halb
schaum, zum manne zu nehmen. wie
KAY vom doktor LA MAGO lernet, die
liebesformel zu sprechen. von einer
fröhlichen hochzeit auf der fischerinsel.
wie eine rakete aus KAYs hand gen
himmel fährt. von fliegenden
fragen, armen und der kraft
der solitude.

WEDDING. Nyam steht auf dem Sprungturm im Sommerbad. Unter ihm azurblaues Chlor, dahinter die große rote Rutsche. Er trägt ein Leatherjacket auf sehr behaarter Brust. Fresse aus Schaumstoff, Augen so schwarz wie keine Kohle. Kay sieht Nyam das erste Mal auf diesem Poster. Morgen, so steht's auf dem Plakat, wird im Stadtbad eine wilde Sache aufgeführt. *Kunst undefinierbarer Art!* Nyams zerfurchtes Gesicht kündet von einer Katastrophe, die von Norden auf Menschen und Tiere zukommt. Eine Truppe weißer Schlafwandler will dagegen antreten. *White Walkers sans amour.* Sie sind *best friends* der Kinder und all derjenigen, die nicht mehr proben wollen. Das, was morgen im Freibad aufgeführt werden soll, *geht ausnahmslos Alle an*. Kay ist hin und weg. Ein Wort auf dem Plakat hat es ihr besonders angetan: *amour!*

Vor dem Schwimmbad stehen sie Schlange. Es ist zu heiß für einen mitteleuropäischen Mai. Kays Kind rennt vorweg, sie läuft hinterher, wirft die aufgeblähten Taschen ins Gras. Nur Liegen! Eine weiße Stoffbahn hängt an einem Baum. Ein Mann stimmt seine E-Gitarre. Props und Pappschilder liegen herum. Hier wird das Stück stattfinden. Kay breitet das Handtuch aus. Ihre Füße gleiten aus gelben Flip-Flops ins Gras.

Kays Kind zieht am Arm. —Komm, komm mit zur Rutsche! Sie rennen an der Dusche vorbei, ekeln sich durch das kalte Zwischenfußbecken aufs Pflaster, tröpfelnd, eine Stufe nach der anderen, die heiße Betontreppe hinauf. Kay schaut zum Sprungturm hinüber und erkennt die Stelle wieder, von der das Werbefoto mit Nyam geschossen worden war. Sie denkt an das dichte Brusthaar vom Plakat, dreht sich um. Das Kind drängelt —los, los! Ein Pulk dicker Teenies will nach vorne preschen. Kay greift ihren Badeanzug und justiert die Brüste ins Zentrum des Abnähers. Sie sitzt in Startposition, stößt sich ab und hebt die Hüften genauso, wie es das Kind ihr gezeigt hatte. Achtung, Kontaktpunkte nur auf Schultern und Fersen! Kay rutscht und wird immer schneller, sie hat die Höchstgeschwindigkeit ihres spezifischen Körpervolumens erreicht, wird von rechts nach links geschleudert, zentrifugiert. Die Fugen der Rutsche poltern unter ihren Fersen vorbei. Kurz vor Auswurf, das Kind quietscht, überkommt sie die Angst, zu hart ausgespuckt zur werden, die Spaßkraft könnte es zu doll mit ihr meinen, und im Becken gelandet, in Enttäuschung kippen. Das ist natürlich Quatsch. Rutschen nutzt sich trotz Wiederholung nicht ab.

—Hoş geldiniz, hello, meine Damen und Herren, bitte keine Lebensmittel am Beckenrand. Und jetzt A L L E auf die große Wiese, die Show beginnt! Hoş geldiniz, hello…, die Stimme der Bademeisterin hallt durch das Sommerbad und mischt sich mit einem Gitarrenriff. Jemand steht unter dem Baum und spielt Gitarre. Kay erkennt ihn jetzt erst, Nyam! War das *Seven Nation Army*? Kay würde ihn sich am liebsten auf der Stelle schnappen. Wo ein Wille ist, ist auch ein Gebüsch! Die Wiese hat sich mit Handtüchern und Zuschauern gefüllt. Nyam eröffnet das Spiel. Er steht barfuß und in roten Shorts vor der weißen Stoffbahn. Eine Frau im Adidas-Kostüm mit Speer taucht dahinter hervor und betritt die Wiesen-Bühne. Von der anderen Seite erscheint ein gelockter Typ mit Schärpe vor dem Bauch. Sie beide tragen kleine Schaumstoffpuppen auf dem Arm.

FRAU
Grrr.

TYP
Halt, Hilfe!

FRAU
Ratz fatz.

TYP
Mausetot.

Die Szene eskaliert. Die weißen Schlafwandler der Armee Amour übernehmen die Weltherrschaft. Applaus von allen Kindern und zwei Eltern. Das Stück ist eigentlich viel länger, aber Kay kann es nicht abwarten.

Nyam biegt und stretcht sich. Er macht die Bananenstaude und torkelt auf Händen in Kays Richtung. Seine Füße fuchteln durch die Luft, die Knie wackeln, balancieren die Schritte der Hände aus. Hoden in roten Boxershorts. Ein ausgefuchster brasilianischer

Move – *martelo rotado pulado aka Parafuso, S-dobrado mi Aú-Batido* – und er steht da! Kay greift nach vorn in seine Richtung, als wolle sie etwas wegwischen. Nein, da ist kein Screen. Das ist 1:1 reality. Kays Kind springt Nyam entgegen. Tummelei und Überschlag, Flick-flack. Nyam hält Kays Füße, zeigt dem Kind einen Rückwärtssalto. Sie sind außer Atem. Nyam nimmt das Kind Huckepack und hoppelt mit ihm über die Wiese. Kay ist selig.

Eine Biologin hat die Szene von einem Hügel am Rande beobachtet. Sie weiß, Nyams balzen gattungsspezifisch und wetterbedingt April bis August. Am liebsten würde sie der Frau mit dem Kind sagen: —Auch wenn sie nicht die Einzige auf dieser Wiese sind, er hat Sie gemeint. Ja, Sie! Er findet Sie toll *und* ihr Kind. Sie dürfen das ruhig persönlich nehmen. Die Wissenschaft kann uns dabei helfen, das Verhalten der Spezies mit dem Verhalten eines Individuum, im Speziellen abzugleichen. Nur Mut! Die Biologin hat selbst ein Kind, das jetzt an ihrem Arm zieht. Sie muss los, ein Eis kaufen.

Kay legt ein zweites Paar Brüste an. Der Schneider hatte den Schaumstoff sorgsam abgewogen und dem Volumen ihrer Arschbacken angepasst. Kay und Nyam stehen sich nun gegenüber.

KAY
Wie heißt Du?

NYAM
Nyam.

Es folgt eine kurze Kussstreifbewegung. Kay erhascht einen Hauch Schüchternheit des sonst mit Confidence gesättigten Tiers. (Wieso *Schüchternheit*? Ist es seine muskuläre Geschmeidigkeit, die Art und Weise, wie er sich nähert und zugleich seinen Rückzug ankündigt. Oder hat er sogar *Angst* vor ihr?) Nyam schaut sich hilfesuchend nach anderen Frauen auf Handtüchern um.

—Nichts gegen Polyamour, flüstert Kay ihm ins Ohr, aber denk dran, der Tag hat nur 24 Stunden und du bist 48 Jahre alt. Nyam senkt seinen Blick. Strike! In diesem Moment fährt die Entschiedenheit in Kay. Es ist entschieden. Nyam wird sie ins nächste Level bringen, ohne über das Spielfeld VERLIEBEN zu laufen. Higher Love! Kay wird Nyam heiraten, lieben lernen und so weiter. Schluss mit Futur.

Kay und Nyam proben nicht, denn Proben ist was für Leute ohne Ideen. Proben ist was für Bayreuth. Sie heiraten vor einem Spätverkauf.

La Mago, ein venezolanisch-amerikanischer witch doctor, leitet die Zeremonie. Es trägt einen lila Kaftan und grüne Espandrillos. Auf seiner Baseballkappe steht: Yes, we can. Es hat einen Roland VT-4 mitgebracht und hält das Mikro nun in Richtung Kay und Nyam. Live-Übertragung:

LA MAGO
Are you ready?

KAY
Yes.

NYAM
Yes.

Kays Kind hat die Hände hinter dem Rücken zum Gegenschwur gekreuzt. Nyam hat auch ein Kind mitgebracht, das er mit einer viel jüngeren Frau gemacht hat. Es grinst aus einem blau verfärbtem Lutscher-Mund.

(La Mago spricht ins Mikro, Vocoder.)

LA MAGO
love
a small word unable to hold
while we stretch at its meaning
after all, l o v i n g means
to do this stretching together.
Please repeat: I love you.

KAY/ NYAM
I love you.

Kay sagt es gleich nochmal, um es sich einzuprägen.

KAY
I love you.

Sie kann das aussprechen! Und zwar genauso. Es ist ihr erstes Mal.

LA MAGO
Beautiful. Don't forget to work out every day.

(La Mago reicht beiden eine Erdbeere.)

Take and eat, this is a berry.

Nyam und Kay schlucken die Beere und küssen sich. Die Kinder gehen mit einem Körbchen umher und verteilen Früchte an alle Passanten.

Die Biologin ist zu Tränen gerührt. Sie reißt das Mikro an sich.

B I O L O G I N
Obacht! Was die meisten für eine Frucht halten, ist nur eine Scheinfrucht. Die wahren Früchte der Erdbeere sind die gelblichen Nüsschen auf der Oberfläche.

Die Beeren gelangen fast zeitgleich in Nyams und Kays Körper. Ringförmige Muskeln pressen und transportieren sie durch die Speiseröhre: *Früchte, Nüsschen, gelblich, Oberfläche*. Sie haben jetzt den Magen erreicht. Der Magensaft zerlegt sie in Einzelteile. *Rüch, Chen, Nüss, te.*

BIOLOGIN
Erdbeeren zählen zu den nichtklimakterischen Früchten: Wenn sie unreif gepflückt werden, reifen sie nicht nach.

Der Moment ist reif. Die Biologin köpft einen Veuve-Clicquot. Kay und Nyam prosten ihr zu. Es ist eine Minute nach *I-love-you.* Auf dem Newsticker des Axel-Springer-Verlags steht: Kay traut sich.

Eine Passantin, die der Zeremonie beigewohnt hat, kommt nicht ganz mit. Sie hat Fragen, die als rote Blasen in den Himmel steigen:

PASSANTIN

Wieso Erdbeeren?
Was ist Higher Love?

La Mago zückt Pfeil und Bogen, will eine nach der anderen abschießen, doch wird aufgehalten. Rainer Maria Rilke nimmt es am Arm. La Mago zieht den Pfeil zurück. Rilke lässt ihn fünfmal ein- und ausatmen.

RAINER MARIA RILKE
Lass die Blasen fliegen.

(Rainer kennt sich aus. Er hat das mit der Liebe und den Fragen am eigenen Leib erlebt.)

LA MAGO (in Rilke-Zungen, liest vom Blatt)
Kay und Nyam,

wir stehen still und voll tiefen Vertrauens vor den Toren der Einsamkeit. Weil ich für die höchste Aufgabe einer Verbindung zweier Menschen diese halte: daß einer dem andern seine Einsamkeit bewache. Denn wenn das Wesen der Gleichgültigkeit und der Menge darin besteht, keine Einsamkeit anzuerkennen, so ist Liebe und Freundschaft dazu da, fortwährend Gelegenheit zur Einsamkeit zu geben. Deshalb muß also auch dieses als Maßstab gelten bei Verwerfung oder Wahl: ob man an der Einsamkeit eines Menschen Wache halten mag, und ob man geneigt ist, diesen selben Menschen an die Tore der eigenen Tiefe zu stellen, von der er nur erfährt durch das, was, festlich gekleidet, heraustritt aus dem großen Dunkel.

Are you ready to guard each other's loneliness?

Bewohner und Innen der LEIPZIGER STRASSE zünden Böller. Die Wohntürme zittern, rieselnder Feuerregen. La Mago grinst und beginnt, eine Rakete nach der anderen aus der bloßen Hand zu feuern. Kay wundert sich. —Wie geht das, wie machst du das?! La Mago behauptet, es kann das, weil es schon mal als Mann gelebt hat. Kay sagt, —Quatsch, nimmt eine Rakete und zündet sie. La Mago schreit —Halten, halten halten! Kay hört und sieht nichts mehr, Kopf und Hand sind längst abgekoppelt. Aber ihr Arm gehorcht und hält. Kay hyperventiliert, was weiß sie, wie eine Rakete funktioniert. Sie hält den Arm wie ein Zinnsoldat, die Hand hält wie befohlen. —Ha …, La Magos Stimme ist ihr einziger Halt. Die Lunte brennt, das Feuer nimmt seinen Lauf in Richtung Achsel. Explosion! Aus. Sie sieht nichts mehr, spürt nur den Rückstoß in den Knochen. —Hab' ich doch losgelassen? Es riecht nach Haar. —Da!, schreit Nyam und sie schauen nach oben. —Arme! Überall!

Arme. Armhorden. Hände an Sprengkörpern zischen nach oben, straucheln und fallen nach einer Weile wie besoffene Tauben auf den Asphalt zurück. Auch Kays Brautstrauß fällt vom HIMMEL in eine Hecke.
—Fantastisch, sagt die Biologin. Und was ein Glück, dass die beiden sich nicht mehr fortpflanzen müssen! Kay nimmt Nyam in einen Arm. Der Spätverkäufer spendiert Lutscher. Die Kinder stehen auf La Magos Schultern. Sie sind voll auf Zucker. Es ist Sommer, immer noch, und die Vögel werden immer lauter.

Vorletzter dienst

wie KAY den spezialisten UMUT kennen lernet.
über die last der verbindlichen unverbindlichkeit.
wie KAY sich im halbschlafe eines vertrages
gewahr wird, der sie gefangen hält. wie
die heldin im herabschauenden hunde
zu boden geht, sich erkennet und
neu ward. von der unheimlichen
beständigkeit niederländischer
tulpen.

Umut steht hinter dem Counter im MEDIA MARKT NEUKÖLLN. Er hat diese Blinker-Wimpern und trägt eine nach oben geklappte Baseballkappe. Umut will Kay einen Mobilfunkvertrag verkaufen. Aber vielleicht ist es eher umgekehrt. Kay will unbedingt einen neuen Vertrag. Umut wirkt, als stünde er über allen Anbietern.

—Schlaf' lieber noch mal drüber, sagt er und reicht ihr seine Visitenkarte. *Umut.* Das Korrekturprogramm in Kays Kopf will ihm partout ein n reindrücken.

5 TAGE SPÄTER AN EINEM HANG IN DER HASENHEIDE.

Mit gelupftem Kleid, Umut zwischen den Beinen, auf dem Rücken liegen, rammelnd, die Wolken an sich vorbeiziehen lassen. Es wird bald Winter, Kay wittert das.

—Nächsten Montag, same time, same place?

Umut muss zugeben, er hat was gegen Verabredungen. Was weiß er schon, wie's ihm nächsten Montag um 21:00 Uhr geht, und ob er sie um 21:30 Uhr tatsächlich sehen will. Sie machen lieber nichts aus.

10 Tage später, Umut textet.

—Lauf' gerade in Deine Richtung.

Kay kommt ihm gerne entgegen. Umut läuft die Potsdamer Straße lang, es ist schon Nacht und jede dahergelaufene Figur kommt als Kay in Frage. Ist sie das? Wieder nicht. Ein Teenager mit Daunenjacke. Kay hat sich ausgerechnet, dass sie sich bei Woolworth treffen müssten. Das könnte er sein! Wieder nicht. Ein Mann mit Hut. Es zieht Kay kalt in den Schritt. Sie muss schon wieder über seinen Namen nachdenken, *Umut K.*, und wieso der auf der Visitenkarte nicht ausgeschrieben war. Vielleicht wegen der deutschen Kunden? Selbstzensur? Kafka? Umut steht an der Kreuzung Pohlstraße. Er will sie anrufen, aber auch nur fast. Kay denkt, sie ist ihm schon genug entgegengekommen. Sie bleibt jetzt stehen. Da läuft ein Fuchs über die Straße. Da sieht Umut Kay, ihren vom Wind aufgeblasenen Schal. Ecke Bülowstr. Sie grüßen sich.

—Na.

Umut sagt, es gibt was zu feiern, sein Kurzarbeitergeld ist angekommen. Er reicht ihr eine Packung Tulpen. Kay nimmt sich raus, ihn dafür zu küssen. Ein Kuss, der, wenn er allein auf die Tulpen bezogen bleiben soll, auch genau so abgepackt rübergebracht werden muss. Es gelingt ihr. —Nice. Da hast du echt was Gutes getan. In allen Zeitungen steht ja, man soll Tulpen kaufen, die werden sonst geschreddert.

30 min später. Kay leckt Umuts Rosette.

Er kommt mit einem Schwall Gelee gegen ihre Marmorwand und muss sich eingestehen, trotz seiner Abneigung gegen Verabredungen läuft es meist —gut und geil. Mit Dir immer. Mit *immer* meint er die drei Male, die sie sich bisher gesehen haben, zusammengerechnet vielleicht 21 Stunden; die Zeit der Verhandlungen im Media Markt nicht eingerechnet.

2 Stunden später. Umut schläft.

Kays Telefon leuchtet. Ein Typ in Jeansjacke poppt auf. Die Praktikantin hat ihr ein Foto geschickt.
—I've dyed the jacket and changed all buttons …
Do you like it?
—Sorry, schreibt Kay, customer won't buy that. Needs to look more like the one in *La Boum*. I'll talk to the breakdown artist.

Kay schläft endlich ein. Sie träumt.

Ankunft am Flughafen Istanbul. Der Fuzzi von der Produktion winkt sie an der Schlange vorbei, ganz nah zu sich heran. Sie kann seinen Atem riechen. Er will wissen, wie lange es noch dauern wird, bis sie endlich neben einem Menschen wird einschlafen können. Sie stockt. Trockeneis strömt aus ihrem Mund. Er schlägt zu. Seine Hand prallt an ihrer Gesichtsschutzscheibe ab. Kay ruft den Chef der Zollbehörde. Sie will den Vertrag sehen, den Vertrag, den sie vor Urzeiten unterzeichnet hat. Irgendwo muss es doch stehen!

§9 *Vermeiden Sie jede Bindung. Freiheit um jeden Preis.*

Um 7:15 Uhr geht Umuts Wake up call. Sie frühstücken nicht.

12 TAGE SPÄTER.

Umuts Tulpen stehen ohne Anzeichen eines Vergehens der Zeit auf dem Schreibtisch. Die Phase, in der die Blüten einzeln herunter fallen und ihr melodramatisches Memento mori aufführen, wirkt abartig lang herausgezogen. Was wollen diese Tulpen bloß? Kay findet Umut genau in dem Maße toll, dass sie ihn wiedersehen will, ohne mehr von ihm zu wollen. Das sind doch gute Voraussetzungen!

Sie faxt einen Vertragsentwurf direkt an seinen Counter: *To whom I may concern. Vertragliche Vereinbarungen zu einer verbindlichen Unverbindlichkeit.*

23 TAGE SPÄTER.

Die Tulpen sind langsam hinüber. Ihre Stempel stehen da, steif und abgebrannt. Kay findet es sehr vernünftig, dass Umut nicht mehr schreibt. Ungefähr genau zur selben Zeit hat auch sie aufgehört zu warten. Sie schreibt an sich selbst:

—Ich will niemanden mehr anziehen müssen!

Wär' er ein bisschen bedürftiger, arm und ohne Papiere. Wär' sie ein bisschen geiler, älter und krank, dann gäbe es vielleicht auch eine Notwendigkeit, sich näher kennenzulernen. Aber sie leben im Zeitalter der nicht welkenwollenden Blumen: Sie haben die Wahl. Sie haben sich nicht nötig.

Es klingelt. Der Breakdown Artist ist am Apparat. Kay hat einfach aufgelegt. Das Telefon liegt neben ihr. Sie hat es ausgeschaltet, aber es ist noch nicht aus genug. Kay wirft es gegen die Marmorwand, aber es ist noch nicht kaputt genug. Sie nimmt einen Aschenbecher und macht das Telefon tot. Das Telefon ist jetzt wirklich tot. Sie kehrt die Splitter auf, legt sie in den Aschenbecher, den übrigen Elektrotrash gibt sie in den Biomüll.

KURZ DARAUF. ASHTANGA YOGA, FIRST SERIES.

Kay steht im herabschauenden Hund und betrachtet ihre faltigen Knie. Wenn das so weiter geht mit den Knien.

—Ja, es geht so weiter.

Beginnen wir mit den Knien. Wir lassen den Anblick unserer Knie los.

—Und Tschüss!

Wir lassen die Schlupflider los.

——Und Tschüss!

Wir lassen unseren Anblick los.

————Und Tschüss!

Wir sehen so aus.

Kay versucht, einfach zu atmen. Neben ihr stehen die Tüten vom KaDeWe. Das Fenster ist leicht gekippt. Aus dem Stock drunter zieht eine Wolke Dope hoch.

Sie nimmt die Stellung des Kindes ein. Ihre Stirn berührt die Matte.

Wir lassen die Arschbacken los.

———Und Tschüss!

Wir lassen einen fahren.

————Und Tschüss!

Wir lassen auch diese komische Lustigkeit los.
Wir finden Altern nicht lustig.
Wir finden es.

122 MIN SPÄTER.

———Wie lange können wir hier liegen bleiben?

——Solange keiner kommt.

Letzter dienst

wie
KAY die kraft
der wandlung
für ihr kind und sich
nutzet. vom horror und
glück der familia.

Halloween. Kay und das Kind sitzen vor dem Computer. Die Sonne scheint grell in ihre Gesichter.

KAY
Was hältst Du davon, wenn ich als alte Frau gehe?

KIND
Du bist doch schon alt.

Sie einigen sich darauf, als Zombies zu gehen. Das Kind will unbedingt nur einen Arm haben. —Ich will aussehen wie FSK 16! —Okay, das kriegen wir hin. Kay bindet Mullbinden um ihre Schädel und besprenkelt sie mit Dosenblut. Im Radio läuft Ghostbusters. Es dämmert. Sie schnitzen zwei kleine Kürbisse, so groß wie Babyschädel, und stellen sie auf den Balkon. Es klingelt. Die Freunde des Kindes kommen. —Mit einem Arm kann ich doch keine Süßigkeiten annehmen! Doch dann müssen sie los. Sie ziehen durch das Treppenhaus, die Straße herunter bis zur Spree. Die Wohntürme am Landwehrkanal sind gefundenes Fressen für sie. —Süßes oder Saures! Die Beutel der Kinder werden immer dicker, sie sammeln weitere Kinder ein und werden immer mehr. Der Vater des Kindes stößt dazu, er trägt eine Darth-Vader-Maske.

Das Kind ist ganz durcheinander, seine Eltern zusammen zu sehen. Es fängt an zu tanzen und will noch zwei Sprite. Sie halten an einer Imbissbude und essen Finger mit Blutsoße. Ein Kind sagt zum anderen —Du bist überzuckert! —Und Du bist unterernährt! Sie hängen sich an der Gurgel, die Mullbinden liegen in Fetzen. Kay und eine andere Mutter greifen ein. —Jetzt ist aber Schluss! Auf dem Nachhauseweg muss das Kind bitterlich weinen. Schwarze Farbe läuft in Rinnsalen über seine weiße Geisterhaut. —Du darfst dich nicht so sehr aufregen, sonst wirst du zur Pfütze! Kay und das Kind stehen im Bad, nackt bis auf ihre Gesichter. Sie versuchen sich abzuschminken.

Dies büchlein ist hier zu ende.

nicht aber die historia der kay, die geschichte der
läufigen liebe, einst minne genannt. überall im
lande kommen kinder aus frauen. nicht
mehr aus kay, soviel stehet fest.
wir verabschieden uns an
ort und stelle. seid
furchtbar und
wehret
euch
!

Bundesministerium
Kunst, Kultur,
öffentlicher Dienst und Sport

LAND KÄRNTEN
Kultur